ぶらり平蔵

決定版⑨伊《い》皿《さら》子《ご》坂《ざか》ノ血闘

吉岡道夫

コスミック・時代文庫

本書は二〇一〇年三月に刊行された「ぶらり平蔵
伊皿子坂ノ血闘」を改訂した「決定版」です。

目次

「ぶらり平蔵」主な登場人物

神谷平蔵《かみやへいぞう》　旗本千八百石、神谷家の次男。医者にして鐘捲《かねまき》流免許皆伝の剣客。岳崗《たけおか》藩曲《まがり》家の娘・波津《はつ》を娶《めと》り江戸に戻るが、大火に焼け出される。

神谷忠利《ただとし》　平蔵の兄。公儀目付として旗本の不正を監察弾劾する役務を負う。

矢部伝八郎《やべでんぱちろう》　平蔵の剣友。兄の小弥太《こやた》は、北町奉行所隠密廻り同心。

育代《いくよ》　元松代藩士の寡婦《かふ》。ひょんなことから伝八郎と所帯をもつことに。

味村武兵衛《あじむらぶへえ》　徒目付《かちめつけ》。神谷忠利の部下。心形刀流の遣い手。

斧田晋吾《おのだしんご》　北町奉行所定町廻り同心。スッポンの異名を持つ探索の腕利き。

茂庭十内《もにわじゅうない》　元七百石の旗本。娘のお甲《こう》とともに両国で料理茶屋「味楽《みらく》」を営む。

笹倉新八《ささくらしんぱち》　元村上藩徒士目付。篠山検校の屋敷に用心棒として住みこむ。

篠山検校《しのやまけんぎょう》　柳島村に住む盲人の最高位。金貸しが本業。

およし　新八の世話をする、検校屋敷の座敷女中。元直参の娘で本名は佳乃《よしの》。

大嶽《おおだけ》　検校屋敷の抱え船頭。東国の大名に抱えられていた元力士。

太吉《たきち》　南六間堀町の大工。付け火の片棒をかつがされたあげく落命。

おみつ　仙台堀の夜鷹。幼馴染《おさななじ》みの太吉と所帯をもつ約束をしていた。

諸岡湛庵《もろおかたんあん》　元岸和田藩郡代。尾張家に食い込み、次期将軍推進を画策。

刈部庄助《かりべしょうすけ》　諸岡湛庵の手下を務める牢人。直心影流の遣い手。

宍戸半九郎《ししどはんくろう》　刈部庄助の相棒。東軍流の遣い手。

美濃屋仁左衛門《みのやじんざえもん》　尾張家御用達の材木問屋。巨額の富で継友公の尻押しを企む。

徳川吉宗《とくがわよしむね》　第五代紀州藩主。将軍家継の後見として、次期将軍の筆頭候補。

徳川継友《つぐとも》　第六代尾張藩主。吉宗と天下人の座を争う。

天英院《てんえいいん》　六代将軍・家宣《いえのぶ》の正室。吉宗と組み、尾張派の月光院《げっこういん》と争う。

かつて、江戸は坂と、運河と、橋の街であった。

武蔵野《むさしの》の東部はいくつもの台地がせめぎあい、それらの台地のあいだを河川が蛇行しつつ海に流れこみ、長い歳月をかけて河口に沖積平野を造成していった。台地と台地は坂道でつながれ、いくつもの運河をめぐらせ、数多《あまた》の橋を架けていった。

それらの坂と橋は人びとの日々の往来に、また運河は人や物資を輸送するためにかかせないものだった。

序章　暗闇坂《くらやみざか》の火牛《かぎゅう》

一

正徳《しょうとく》六年一月十一日の夜明け前のことである。

まだ明けやらぬ空に、星が凍《い》てつくようにまたたいていた。

道には霜柱が白く立っている。

北東から吹きつける空《から》っ風が、唸《うな》りをあげて吠《ほ》え狂っていた。

時刻は夜明け前の七つか、七つ半というところだろう。

将軍家の菩提寺になっている東叡山寛永寺《とうえいざんかんえいじ》の西側にひろがる不忍池《しのばずのいけ》の畔《ほとり》を通り、門前町にぬける長いだらだら坂がある。

昼間でも人通りのすくない、さみしい坂道で、清水坂《しみずざか》ともいうが、別名の暗闇坂とよぶもののほうが多い。

寛永寺は東の叡山とよばれる江戸でも屈指の大寺で、杉や檜《ひのき》の生い茂る森にかこまれた広大な寺域には堂塔伽藍《どうとうがらん》のほかに、僧坊や末寺《まつじ》がひしめきあっている。

まだ未明の、この時刻、人影ひとつ見かけない暗闇坂を、寛永寺の門前町に向かっている一台の牛車があった。

星明かりを頼りに、牛車は霜柱の立つ坂道をくだりはじめた。

荷台の上にはなんのために、どこへ運ぶのかわからないが、薪《たきぎ》と稲藁《いなわら》の束がうずたかく積まれていた。

車を引いているのは、一頭の黒い牡牛《おうし》であった。

牝牛《めうし》は仔を産み、乳を出し、肉も柔らかく、高く売れるので大事にされているが、牡牛は交尾期に牝牛に種をつけるほかは野良仕事に使われるだけで、肉質は硬く、売り値も安い。

この黒牛もずいぶん田畑で酷使されてきたらしく肉がそげ落ちて、肋骨《あばら》や腰骨が皮の下からうき出していた。

手綱《たづな》を引く男は手ぬぐいを盗人《ぬすつと》かぶりにし、裾《すそ》を腰までからげている。

男は牛の手綱と、荷車の梶棒《かじぼう》を巧みにあやつっていた。

荷車は下り坂にかかると勢いづいて暴走しかねない。

梶棒は二輪の心棒の回転に歯止めをかけるためのものである。

車が暴走しないよう、すこしずつ歯止めをかけながら、あくまでも牛の力で荷車を動かすようにあやつらなければならない。

牛と梶棒をあつかう男の手つきは野良仕事に馴れた百姓のようだったが、腹掛けに紺色の股引《ももひき》、紺足袋《たび》に麻裏草履《あさうらぞうり》をつっかけている。

その牛車のうしろから二、三間離れて、野袴《のばかま》をつけた牢人者《ろうにんもの》らしい侍が二人、前後に目を配りながらついていた。

二人とも月代《さかやき》は剃《そ》らず、無造作な惣髪《そうがみ》にしているが、着物や野袴にはきちんと熨斗目《のしめ》がついているし、足は黒足袋に雪駄《せった》を履いている。

風体から見ても、食いつめ者の痩《や》せ牢人ではなさそうだった。

ぶら提灯《ちょうちん》を手にした牢人者の一人は上背も肩幅もあり、見るからに屈強な体格をしているが、顎《あご》が並みはずれて長い馬面《うまづら》をしている。

もう一人の牢人はずんぐりした見栄えのしない男で、小鼻の脇《わき》におおきな黒子《ほくろ》があった。

松平伊豆守下屋敷《まつだいらいずのかみしもやしき》の前を通りぬけると、右手に不忍池の暗い水面《みなも》が強風に煽《あお》られ波だっているのが見えてきた。

池の真ん中に弁天島がこんもりと頭をもたげている。

空っ風が枯れ葉を巻きあげて坂道を吹きぬけていった。

牛車が寛永寺の鐘楼堂《しょうろうどう》にぬける脇道にさしかかったとき、黒子の牢人が足をとめて連れの牢人に声をかけた。

「宍戸《ししど》。四半刻もすれば明け六つの鐘が鳴りはじめる。牛を放すにはよいころあいだろう」

「しかし、刈部《かりべ》さん。ここからだと牛めが血迷って寛永寺の森に突っこみかねませんぞ」

宍戸とよばれた牢人が低い声で反論したが、刈部は小鼻の黒子をつまみながらうそぶいた。

「なんの、牛は走り出したらまっしぐらよ」

ぬたりと不敵な笑みをうかべて一蹴《いっしゅう》した。

この刈部という牢人は、見かけに似合わず肝《きも》は太いらしい。

「たとえ上野の杜《もり》に突っこんだところでかまわぬ。寛永寺の坊主どもが泡を食うのも一興ではないか」

吹きすさぶ向かい風が、二人の声をかき消していった。

宍戸が提灯を刈部に手渡すと、ゆっくりした足取りで牛車の手綱をつかんでいる男のそばに向かった。

「おい、太吉《たきち》。そのあたりの木に牛をつないでおけ」

「へ、へい」

牛引きの太吉は車止めをかけると、牛の手綱を道端の杉の木にくくりつけ、宍戸の顔をすくいあげるように見た。

「旦那《だんな》。いってぇ、こんなところで何をなさろうってんで」

「そうさな。焼き芋でもするか」

宍戸が薄笑いをうかべた。

「へへ、ご冗談を……」

「太吉。よけいな詮索《せんさく》は無用と言ったはずだぞ」

宍戸は一変して鋭い目でじろりと睨《にら》みつけた。

「へ、へい」

「さ、約束の半金だ。あらためるがよい」

宍戸は無造作に懐から白布の包みをとりだした。

「こ、こりゃどうも」

ずしりと重い金包みを手にした太吉の目が笑みくずれたが、包みのなかからバラバラとこぼれでたのは穴あきのビタ銭ばかりだった。

「だ、旦那……」

その瞬間、宍戸は腰をひねって脇差しを抜きはなつと、太吉の土手っ腹をずぶりと刺し貫き、片足で太吉の腰を蹴《け》りつけた。

太吉は声をあげる間もなく、虚空をつかんで不忍池の土手を転がり落ち、水面に波紋を残して沈んでいった。

宍戸は脇差しについた血糊《ちのり》を懐紙《かいし》で拭《ぬぐ》いとると、丸めて池のほうに投げ捨てた。

吹きすさぶ風に煽られ、懐紙はたちまち空に舞いあがっていった。

「見事なものだの」

うしろから提灯を手に近づいてきた刈部が声をかけた。

「お頭領《かしら》から貴公は東軍流《とうぐんりゅう》の遣《つか》い手だと聞いていたが、さすがに鮮やかなものだ」

「冷やかさないでください。刈部さんの直心影流《じきしんかげりゅう》にはとてもおよびませんよ」

「さて、それはどうかな」

刈部はさらりと受け流し、宍戸をうながした。

「牛を走らせるには、よい風向きだ」

吹きすさぶ風にざわめく寛永寺の森に目をやった。

「牛めが、うまく御橋《みはし》を渡れますかな」

宍戸が坂下の門前町を目でしゃくった。

寛永寺の門前と、下谷広小路《したやひろこうじ》とのあいだを流れる忍川《しのぶがわ》には御橋とよばれる三本の参詣橋が並んで架けられている。

「ふふ、火車《かしゃ》の行く先は牛のご機嫌にまかせるしかあるまいよ」

刈部はこともなげに言いはなつと、車止めをはずし、牛の手綱を杉の木から解きはなって荷車のうしろにまわった。

引き手がいなくなった牛はのんびりと尻尾《しっぽ》をふりながら、眠たげな眼で不忍池を眺めていた。

車止めをはずされ、荷車がきしみながらゆっくりと動きはじめた。

牛が不安そうにふり向いて足をふんばった。

刈部が荷車のうしろに積んであった藁束《わらたば》をひとつぬきとると、提灯の火を移した。

乾ききった藁束は瞬時にめらめらと燃えあがった。

刈部は火のついた藁束を、荷車に積みこまれた藁束の山のなかに無造作に突っこんだ。

乾ききった藁束の山は風に煽られ、たちまち炎の渦を巻きあげた。

おどろいたのは荷車につながれていた黒牛である。

尻に火がついた牛は炎から逃れようと前足を足掻《あが》いて、肩にかけられた引き綱を懸命に引っ張り、暗闇坂を走り出した。

車止めをはずされた荷車は牛の暴走に勢いづいて、下り坂の勾配を猛然と突っ走った。

藁束の火がたちまち薪の束に燃えうつり、荷車はさながら地獄の火車となった。

狂奔《きょうほん》する牛につながれた火車は坂下の仁王門前町《におうもんぜんまち》を通りぬけ、燃えさかる藁束や薪の束を巻きちらしつつ、そのまま下谷広小路の御橋に向かって突進していった。

炎のかたまりとなった藁束は風に煽られ、左右に軒を連ねる民家の板屋根に舞いあがる。

火がついた薪の束は戸障子に火の玉となってぶちあたった。

軒下で眠っていた野良犬がけたたましく吠えながら、狂ったように門前町を逃げまどった。

火車を引いたまま黒牛は三本の御橋のひとつをまたたく間に渡りきると、炎の束をまきちらしつつ、空っ風が吹きすさぶ下谷広小路をまっしぐらに暴走していった。

二

門前町が炎につつまれているころ、刈部牢人と宍戸牢人の二人は暗闇坂を背にして、武家屋敷と寛永寺僧坊の森にはさまれた谷中《やなか》に向かう道をもどりつつあった。

刈部が手にした提灯の火影《ほかげ》が松平伊豆守の広大な下屋敷の白壁にゆらめいている。

「刈部さん。このまま帰って寝るのも味気ない。谷中の比丘尼《びくに》宿で一杯やりませんか」

「ふふふ、あんたもよくよくの好き者だな。女子《おなご》の縒《よ》れる黒髪は味というではないか。どっちが頭で、どっちが臀《しり》かわからんような毛なしのツルツル頭を抱いてどこがおもしろい」

刈部は小鼻の脇のおおきな黒子を指でつまみながら揶揄《やゆ》した。

「いやいや、そのツルツルの青坊主に剃りあげた女が、紅白粉《べにおしろい》をべったりつけて墨染めの衣《ころも》を着たまんま、乳も臀も丸出しでしがみついてくる図なんてものはちょいと乙《おつ》なもんですよ」

馬面の宍戸牢人が「くくくっ」と喉《のど》で笑ったときである。

谷中八軒町《はっけんちょう》の角を曲がって、奴髷《やっこまげ》に印半纏《しるしばんてん》の武家屋敷の中間《ちゅうげん》らしい男が三人、ぶら提灯を手に千鳥足でやってくるのが見えた。

「ちきしょう、ああ半の目ばかり数珠《じゅず》つなぎで出たんじゃやってらんねぇや」

「おめぇもバカだよ。いくら丁目が好きだからって丁目一本槍《やり》で張りまくったんじゃ負けるにきまってらぁな」

「ちくしょう。おかげでスッカラカンのからっけつ、これじゃ夜鷹《よたか》も抱けやしねぇ」

「へへへ、わりぃけど、こちとらはおめぇの逆目の半目を狙《ねら》ってがっぽりいただきよ」

どうやら渡り中間が賭場《とば》で遊んできた朝帰りらしい。

左は武家屋敷の土塀、右は寺の土塀にはさまれた一本道である。

刈部が手にしていた提灯の火をフッと吹き消し、「おい」と宍戸に目配せすると、提灯を投げ捨てた。

「やりますか」

「大事の前の小事だ。やむをえん」

「わかりました」

二人はゆっくりした足取りで三人の中間のほうに近づいていった。

「な、なんでぇ。こいつら……」

中間の一人が薄気味悪そうに足をとめたときである。

刈部の白刃《はくじん》が闇を切り裂いて鞘走《さやばし》った。

「うわっ」

「ぎゃっ……」

一瞬にして二人の中間が血しぶきをあげて路上に転がった。

「あわわ!」

残った一人の中間が恐怖の叫び声をあげて逃げだした。

その背後から追いすがった宍戸が、逃げる中間の背中に凄《すさ》まじい抜き打ちの一閃《いっせん》を浴びせた。

第一章　両国橋の橋止め

一

風が獣のように唸《うな》りをあげて吹き荒れ、安普請のトントン葺《ぶ》きの板屋根が、いまにも根こそぎはがれてしまいそうな悲鳴をあげていた。

ここ、神田竪大工町《かんだたてだいくちよう》の棟割り長屋の狭い路地を吹きぬける突風が、突っかい棒で戸締まりをしただけの、粗末な障子戸をミシッ、ミシッとしならせて通りすぎる。

江戸の冬にはつきものの、北西の空っ風というやつだ。

神谷平蔵《かみやへいぞう》は掻巻《かいまき》にくるまりながら、朝まだきの心地よいまどろみのなかにいた。

あちこち目張りのしてある煤《すす》けた障子戸にほのかな薄明がさしてはいるが、まだ明けきってはいない。

土間の台所から新妻《にいづま》の波津《はつ》が料理をする包丁の音が聞こえてくる。

平蔵は眠い目をこじあけると、床のなかで頬杖《ほおづえ》をついたまま土間のほうを見やった。

泥染めの黒八丈《くろはちじょう》の袷《あわせ》を紅紐《べにひも》で襷《たすき》がけにし、辛子色《からしいろ》の帯をしめた波津のうしろ姿が、焚《た》きつけた竈《へっつい》の火影《ほかげ》にゆらいで見えた。

櫛《くし》で梳《す》いてうしろにひっつめ、紅紐で結わえただけの髪が背中でサラサラとゆれている。

波津は火吹き竹を手にし、腰をかがめて火加減を見ていた。

薄暗い土間のなかで、襷でたくしあげた白い二の腕が炎にゆらいで見える。

火挟みで竈のなかの薪《たきぎ》をかきおこすと、波津は土間の隅においてある糠漬《ぬかづ》けの桶《おけ》の前にしゃがみこんだ。

重しの石を土間におき、蓋《ふた》をとると糠床のなかから蕪《かぶ》をとりだして流し台におき、手桶の水でザッと水洗いしてから俎《まないた》の上に乗せて、サクサクと包丁を使いはじめた。

葉や茎を細かく刻み、白い球根はふたつ切りにしたあと、半月に切って丼《どんぶり》にうつすと、今度は味噌汁にいれる葱《ねぎ》を刻みはじめた。

平蔵は朝餉《あさげ》の支度に余念のない波津のうしろ姿を眺めた。
このふた月ほどのあいだに、波津は物腰や体つきまで変わってきたような気がする。

波津は江戸から北西に五十三里、山また山にかこまれた僻地《へきち》、紙漉《かみす》きの里として知られた岳崗藩《たけおか》九十九郷《つくも》に生まれ育った。十七のとき、望まれて岳崗藩の上士に嫁いだものの姑女《しゅうとめ》との折り合いが悪く、ふた月とたたぬうちにみずから婚家を飛び出し、生家にもどってきたという。

平蔵と結ばれたころは山里の女らしい蜂蜜色《はちみついろ》をしていた肌も、江戸に来てからは、いつの間にかあくぬけして白く艶《つや》やかになってきたし、やや小ぶりだった乳房や、臀《しり》にも脂がのってまるみを帯びてきた。

波津の父の曲官兵衛《まがりかんべえ》は歯に衣着せずものを言う人物だったから、
――あれは山に自生する楮《こうぞ》の木のような女子《おなご》での。見てくれは土臭いが、風雪には強いのが取り柄じゃ。うまく灰汁《あく》をぬいて、丹念に漉《す》けばすこしは女子らしゅうなろう。

などと評していたし、また、

――男と女子は杵《きね》と臼《うす》、太鼓《たいこ》と撥《ばち》のようなものだ。

とも言った。杵と撥は男で、臼と太鼓は女のことだろう。

どちらも両者の息があわなければ、うまくいかない。

いまの波津は土臭いどころか、亭主の平蔵の目から見ても惚《ほ》れ惚《ぼ》れするような女っぷりである。

波津はおよそ化粧というものをしたことがない女である。

婚してからも丸髷《まるまげ》を結わず、紅白粉《おしろい》もつけたことがない。

毎日、髷を結いあげるのは手間もかかるし、鬢《びん》つけ油の匂いも好きではないという。

むろん、婚した女のならわしになっているお歯黒染めも、波津は嫌がって娘のときとおなじように皓歯《こうし》のままにしている。

波津は何ごとにつけ、装《よそお》うことが嫌いな気性だった。

波津は今年で二十二歳になる。

平蔵と祝言《しゅうげん》をあげてから、まだふた月とたってはいない。

二

波津の父の曲官兵衛は九十九村を束ねる郷士でもあるが、無外流《むがいりゅう》の達人としても知られている剣士でもある。

平蔵は禄高千三百石の譜代旗本、神谷家の次男坊に生まれたが、亡父の遺志で、医者をしている叔父の夕斎《せきさい》の養子になった。

ひとまわり年上の兄の忠利《ただとし》は、出仕して使番《つかいばん》の要職を勤めたのち公儀目付に抜擢され、巡見使も兼任したあと五百石の加増を受けたほどの能吏《のうり》だが、平蔵は幼いころから無鉄砲で、気随気儘《きずいきまま》な性分だった。

ただ、剣術の天分には恵まれていたらしく、鐘捲流《かねまきりゅう》の達人佐治《さじ》一竿斎《いっかんさい》に師事し、十九歳で免許皆伝をうけた。

しかし天下泰平の世は剣術で飯が食えるほど甘くはない。

厄介者の次男坊としては他家に養子に出るか、おのれで生計《たつき》をたてるしかなかった。

あまり気はすすまなかったが、亡父の遺志もあり、夕斎のもとで医師の道を歩むことになった。

いまから思えば亡父は、この泰平の世に生まれた次男の平蔵が、なまじ武家の養子になるよりも医師になるほうがよいと考えていたような気がする。

ともあれ夕斎の跡を継いだからには医術を身につけなければどうにもならない。

平蔵は剣の修行のかたわら夕斎について懸命に医薬の勉学に励んでいたが、間もなく夕斎が東国磐根《いわね》藩の藩医に招かれ、平蔵もともに磐根におもむいた。ところが数年後、夕斎は藩主の跡目相続争いの内紛《ないふん》に巻きこまれて非業の死をとげてしまったのである。

そのころ平蔵は藩費で長崎に留学していたが、急遽《きゅうきょ》、磐根にもどり義父の仇《かたき》を討ち果たした。

磐根藩からは夕斎の跡を継いで城下にとどまるようすすめられたが、もともと平蔵は宮仕えは苦手な気性だから固辞し、ふたたび江戸に舞いもどって神田新石町《しんこくちょう》の長屋で町医者を開業したものの、おのれの口を糊《のり》するのがやっとというところだった。

――一昨年の夏。

平蔵は思わぬことから千五村正《せんごむらまさ》の名刀をめぐる悪だくみに首をつっこむ羽目に

なってしまった。

やがて平蔵は一件の首謀者が三河島《みかわしま》にある旗本の下屋敷を根城にしていることをつきとめ、竹馬の友の矢部伝八郎《やべでんぱちろう》とともに、一味の悪辣《あくらつ》きわまりない奸計《かんけい》にはめられた越後村上《えちごむらかみ》藩の牢人たちに加勢して三河島の旗本屋敷に乗りこみ、二十人余の不逞《ふてい》牢人を斬《き》り捨てた。

非は向こうにあったが、公儀への自粛《じしゅく》の意味合いもあって、兄の忠利の裁量で平蔵はしばらく江戸を離れることになった。

旅に出た平蔵は佐治一竿斎の知己《ちき》曲官兵衛を訪ねて、その屋敷に客人として居候《いそうろう》する身になったのである。

波津は官兵衛の一人娘だが、日頃から女だてらに裸馬に跨《また》って山野を駆けめぐり、夏は素っ裸になって川に飛びこむという奔放な気性の女だった。

父の官兵衛はそうした波津の振る舞いを見聞きするたびに「あのジャジャ馬娘めが」と嘆いていたが、平蔵はかえって、そんな波津に江戸の女にはない野性の魅力をおぼえた。

波津もまた、世俗に恬淡《てんたん》とした平蔵の気性にひかれ、いつしか思慕の情をいだくようになっていた。

昨年の夏、二人は蛍火に誘われるかのように情炎の坩堝《るつぼ》に身をまかせ、わりない仲になった。

しかし、曲家はかつて夜叉神族《やしゃがみぞく》とよばれた狩人の民で、その頭領である曲家を継ぐのは一族の者にかぎるという不文律《おきて》がある。

平蔵と波津が結ばれたことを知った官兵衛は、

——曲家の跡目のことなど気にせずともよい。あれと、どこで、どう暮らそうとかまわぬが、せいぜい慈《いつく》しんでやってくれ。

と、温情あふれる言葉で二人の仲を祝福してくれた。

昨年の秋、兄の忠利から「そろそろ江戸にもどってもよい」という文《ふみ》をもらった平蔵は、波津をともなって江戸にもどり、恩師・佐治一竿斎夫妻の媒酌《ばいしゃく》でささやかな祝言をあげた。

兄の忠利は高島田も結わぬ花嫁に呆《あき》れていたが、嫂《あによめ》の幾乃《いくの》は婚礼の翌日から襷がけで台所に立って女中たちとともにきびきびと立ちはたらく波津をみて、「気だてもよいし、挙措《きよそ》も申し分ありませぬ。よい嫁女《よめじょ》を見つけましたね」と褒《ほ》めてくれたばかりか、手許金から十両を出して「あなたの小遣《こづか》いになさい」と波津に渡してくれた。

幾乃の実家は千八百石の大身《たいしん》旗本で、跡をついでいる弟からいまも不自由のないようにと手許金が届けられてくる。

武家では夫と妻の財産は別物で、なにかと出費の多い忠利よりも幾乃の資産のほうがおおきいはずだから「遠慮なくもらっておけ」と言っておいた。

ただし、十両もの小判は使うのに不自由だし、銀や銭に両替すると両替料をとられるから、渋い顔をされるのを承知のうえで女中頭に頼み、粒銀に両替してもらった。

いま波津が着ている泥染めの黒八丈は、その小遣いのなかから波津が買いもとめたものだ。

日々の暮らしが自給自足の山里で育った波津は、自分の小遣いなどというものを持ったことがなかったから、よほどうれしかったのだろう。

女中の案内で神田や日本橋界隈《かいわい》をせっせと見てまわり、駿河町《するがちょう》の越後屋がはじめた「現金安売り掛け値なし」の看板につられ、泥染めの黒八丈の反物を銀三十五匁《もんめ》で買いもとめ、自分で仕立てたのだ。

泥染めは武蔵野の山土を使って染めあげた糸で織った反物で、黒八丈といっても深みのある茶色をしている。

まだ二十二歳の波津には渋すぎる色合いだが、きりっとした波津の顔立ちによく似合っていた。

どうにか祝言だけはあげたものの、住まいがないため当座は駿河台の神谷家の屋敷に寄食していたが、養子に出た身が新妻とともにいつまでも生家に居候しているわけにはいかない。

昨年の暮れ、この神田竪大工町の棟割り長屋に空きを見つけ、ようやく新所帯をもつことができたばかりだった。

三

新所帯とはいうものの、たった六畳二間きりの長屋暮らしである。

千坪を超える曲家の屋敷や、駿河台の神谷家の屋敷とくらべれば虫籠《むしかご》のようなものだ。

おまけに長屋の住人は口さがない連中ばかりである。

男どもは昼間は仕事に出かけるからまだしも、女房たちは朝っぱらから井戸端談義のあげく、亭主の棹《さお》のよしあしの品定めや、隣近所の噂《うわさ》ばなしの果てに女同士でとっくみあいの喧嘩《けんか》までする始末だ。

おまけに隣とは板壁一枚で仕切られているだけだから、会話はもとより夫婦の睦《むつ》みあいも筒抜けで迂闊《うかつ》に声もだせない。

曲家の広い屋敷で育った波津には戸惑うことばかりだったろうが、習うより馴《な》れろとはよくいったもので、いまでは隣近所と味噌や米の貸し借りまでするようになっている。

ただ江戸名物の空っ風と火事騒ぎには、なかなか馴れないらしい。

この冬は雨がほとんど降らず、大気がカラカラに乾ききっている。

しかも、風の強い日が多く、昨年末の三十日《みそか》には江戸城内の辰ノ口《たつのくち》から出火した火が、数寄屋橋《すきやばし》御門にまで飛び火し、大騒ぎになったばかりである。

昨夜も赤坂で火事があり、火の粉が暗い夜空に舞いあがるのが、長屋の路地からもよく見えた。

火事は一時下火になっても、風に煽《あお》られると火事場跡でくすぶっていた材木が、ふたたび火元になることが多い。

赤坂と、この神田界隈はさほど近場ではないが、火事の火の粉は風に煽られ、どこに飛び火してくるか知れたものではない。

昨夜は平蔵も波津とともに長屋の路地に出て、夜遅くまで長屋の住人たちといっしょに夜空を赤々と焦《こ》がす火の粉を見守りつづけた。

さいわい火の手はようやく四つ半（午後十一時）ごろには鎮まってホッとしたものの、江戸の火事に馴れていない波津は心気が高ぶってか、なかなか寝つけないようだった。

そんな波津を抱きよせて、冷え切った手足をぬくめてやった。

婚して間もない夫婦が肌をあわせれば、いきつくところはひとつと相場はきまっている。

おまけに生家の屋敷とちがって、狭いながらも二人きりの水いらずだから、だれ憚《はばか》ることもない。

おかげでようやく二人が寝ついたのは、八つ（午前二時）過ぎになってしまった。

きびきびと朝餉の支度をしている波津のうしろ姿を、頬杖をついて眺めていると、波津が肩越しにふり向いた。

「なに、見てらっしゃるんですか」

「ン。そりゃ、おまえを、さ」

平蔵、ニヤリとした。

「そういえば、九十九の里にいたころよりすこし肥えたようだの」

「ま、いやな……」

波津はいそいで腰をひねり、臀のふくらみを手でなぞった。

「おお、そのあたりよ。このところ手鞠《てまり》のようにふっくらしてきて、よう弾むようになってきたぞ」

「ま……」

ふいに赤くなって、睨《にら》んだ。

「朝っぱらから、何考えてらっしゃるんです」

「ふふ、ゆうべのことを、ちょいとな」

「え……」

「それにしても、ゆうべはよう囀《さえず》ったな。あの声で蜥蜴《とかげ》食うかやホトトギスとはよう言ったものよ」

「もう……」

波津が包丁を投げだして駆けあがり、搔巻を剝《は》ぎ取ろうとした。

その手首をつかんだ平蔵が波津を抱きすくめ、口を吸いつけた。

波津はもがいて逃れようとしたが、すぐにくたりとなって全身をゆだねてきた。洗い髪がふわりと平蔵の頰をなぶり、健《すこ》やかな素肌の匂いが鼻孔《びこう》をくすぐる。

「平蔵さま。ご飯が……」

「飯などほうっておけ」

「でも、着物が……皺《しわ》に」

「こういうのを昆布巻《こぶま》きといってな。また乙《おつ》なもんだ」

「昆布巻き……」

「着たまんまということさ」

「あ、そ、そのような……恥ずかしい」

波津が甘やいだ吐息をもらし、平蔵のうなじに白い腕《かいな》を巻きつけてきたときである。

吹きすさぶ風の音にまじって半鐘《はんしょう》の音が聞こえてきた。

ただの半鐘ではない、近火を知らせる擂半《すりばん》という連打だった。

「平蔵さま、あれは……」

波津がいそいで半身を起こし、乱れた裾《すそ》をかきあわせた。

「おい。あれは擂半というやつだ。どうやら近場に火が出たらしい」

「え……」

「起きろ。まずは竈の火の始末だ」

波津の腕をつかんで引き起こしてやった。

「は、はい……」

波津はいそいで身を起こし、乱れた着物の裾を手早く直すと台所に駆け出していった。

平蔵は衣紋《えもん》掛けから普段着にしている袖無《そでな》しの袷をつかみとると、肌着のうえから着こんで博多帯をきりりと巻きつけた。

軽衫袴《カルサンばかま》に足を通しながら台所に目をやると、波津は竈の中で燃えさかっている薪を火挟みでつかみとり、流し台に投げ出して柄杓《ひしゃく》で汲《く》んだ水をかけていた。

パッと灰神楽《はいかぐら》が立って、火が消えたのを見届けてから、竈の中の燃えかすを火挟みでかきだし、消し炭壺《つぼ》にいれ、蓋《ふた》をした。

ついで波津は裾をからげて茶の間に駆けあがり、火桶の灰に埋めてあった火種の炭火を火箸《ひばし》で挟んで流し台に運び、水をかけて消した。

火の始末をおえると、すぐさま寝間に駆けもどり、部屋の隅においてあった柳《やなぎ》行李《ごうり》を一反《いったん》の大風呂敷で包んで台所に運びだした。

柳行李には波津が父からもらった持参金や、幾乃からもらった手許金もはいっているはずだが、いくらあるのかは平蔵も知らない。

そのあいだに平蔵は敷き布団の下から胴巻を引きずりだし、懐中にねじこむと、枕元においてあったソボロ助広《すけひろ》の大刀と亡父遺愛の肥前忠吉《ひぜんただよし》の脇差しを腰にぶちこみ、商売道具の薬箱を掻巻にくるんで真田紐で縛りあげた。

台所の土間に出てみると、手ぬぐいを姉さまかぶりにした波津が、糠漬けの樽《たる》を莫蓙《ござ》で包みこんでいた。

「おい、なにをやっておる」

「ほかの物はお銭《あし》さえ出せば手にはいりますが、よい糠床《ぬかどこ》はめったに手にはいりませぬ」

糠漬けの樽を莫蓙で包みながら、波津は汗ばんだ笑顔をふり向けた。

「それに、この糠床は駿河台から分けていただいたものですもの」

──ちっ！　たかが糠床、分けていただいたというほどのものか。

舌打ちしたが、言いだしたら聞かないのが波津の性分である。

樽といっても手桶に毛のはえたような小ぶりなものだが、糠床がはいっているから持ち運ぶにはかなり重い。

どうせ、もてあまして捨てることになるだろうと思ったが、波津は早くも柳行李の風呂敷包みを背中にしょいこみ、糠漬けの樽を後生大事に抱えこんでいる。

そういえば波津は、日に一度は糠床をかきまわし、糠をなめては味をたしかめている。

波津にとっては鍋釜《なべかま》よりも、糠床のほうが大事なのだろう。

「ま、よい。おまえの好きにしろ」

台所のことは波津にまかせることにした。

ひっきりなしに乱打される擂半の音で目をさました長屋の住人たちが路地に飛び出し、怒鳴りあう声がしている。

平蔵は縄でしばりあげた搔巻布団を背負い、カラの瓢簞《ひょうたん》に水をたっぷり入れると栓をして腰にぶらさげた。

ついでに火の粉よけに濡れ手ぬぐいで頰っかぶりにすると、障子戸の突っかい棒をはずして路地に出た。

いきなりキナ臭い突風が、まともに顔に吹きつけてきた。

まだ明けきらない薄暗い路地には、火事場馴れした長屋の住人たちがはやばやと所帯道具をしょいこみ、ひしめきあっている。

道具箱を肩にした隣の大工の仙太《せんた》が声をかけてきた。

「旦那《だんな》。もたもたしてちゃ逃げ遅れちまいますぜ。この風向きじゃ半刻とたたねぇうちに神田は火の海になりやすよ」

「おう、おまえは道具箱ひとつか。身軽でいいな」

「へへへ、あいにく、あっしにゃ、旦那ンとこみてぇにいい声で囀ってくれるご新造《しんぞ》なんぞいやしませんからね。こいつがカカァみてぇなもんでさ」

ポンと肩の道具箱をたたいてから、ニヤリとして小声になった。

「ゆんべはたっぷり聞かせてもらいやしたぜ」

「ン……」

「へへっ、寝そびれて　もしえ　もしえとにじり寄り、なあんちゃって破礼句《ばれく》はうめぇこと言いやすねぇ」

「ちっ！　気色の悪い声を出すな。おまえも悔しかったら早いところ嫁をもらうんだな」

「あいにく、あっしにゃ牝猫一匹も寄りつきゃしませんやね。じゃ、ごめんなすって」

とっとと駆け出していった。

仙太といれかわりに波津が柳行李を背負い、左手に糠漬けの樽を抱えて戸口から出てきた。

甲斐甲斐《かいがい》しく帯に懐剣を手挟《たばさ》み、前褄《まえづま》を高くからげて帯にはさんだ格好はなんとも勇ましいが、腰に火吹き竹を差し、背中に大風呂敷を背負って糠漬けの樽を抱えた姿はさながら食いつめ者の夜逃げの女房だ。

とはいえ波津はまだましなほうで、向かいの左官の女房は寝くずれた髪をふりみだし、裸足《はだし》で飛び出してきている。

その隣の小間物の行商人の女房は、まだ生まれて間もない乳飲《ちの》み子の顔を乳房におしつけ、片手に五つの男の子の手をつかんで肌着のまま太腿《ふともも》も丸出しで駆け出してくると、平蔵にしがみついて訴えかけた。

「ねえ、旦那。うちの宿六《やどろく》は昨日から房州《ぼうしゅう》にでかけちまってるんですよう。どうすりゃいいんです」

「あわてることはないぞ。ちゃんと身支度をしてきても間にあう。当座しのぎの銭とオムツだけは忘れるな」

「でも、うちのが帰ってきたら」

「亭主のことなんぞほっぽっておけ。いまは子供を連れて逃げることだけを考えろ」

「は、はい」

波津もかたわらから励ましました。

「そんな格好じゃ風邪をひいてしまいますよ。ちゃんと着替えていらっしゃい」

波津はうろたえている女房の手に、帯に挟んであった巾着《きんちゃく》から一朱銀《いっしゅぎん》をふたつ、つまみ出して握らせた。

「これ、すくないけれど当座の入り用になさいな」

「こ、こんな、いいんですか、ご新造さん」

目をひんむいた。

担《にな》い売りの小間物の行商で二朱稼ぐには、足を棒にして歩きまわって何日もかかる。それを惜《お》しげもなくポンとくれてよこす波津にたまげるのも無理はなかった。

「いいから、さ、早く」

「は、はいっ」

ざんばら髪のままの女房の目には、波津はまるで観音さまのように見えたにちがいない。

ちっ！　あいつ、まだ、お嬢さま気分がぬけないでいやがる。

平蔵、思わず苦笑いした。

あたふたと長屋に駆けもどっていく女房を見送ると、波津は糠床の樽を抱えなおした。

「さ、平蔵さま。まいりましょう」

「では、お供いたしますかな。ご新造どの」

「なにが、どのですか」

波津が赤くなって睨んだ。

「ふふふ、いいか、何があってもおれから離れるんじゃないぞ」

平蔵は右手で波津の手を鷲《わし》づかみにすると、左手の薬箱を抱えなおし、掻巻布団を背負って長屋の木戸口に向かった。

四

空は黒雲に覆われ、強風に煽られた火の粉が舞いあがり、雨のように降りそそいでくる。

あちこちの火の見櫓《やぐら》の半鐘が狂ったように響きわたっている。

神田川の対岸は黒煙に覆われていた。

風は北東から南西に向かって吹き荒れている。

火の手はまもなく神田川を越えて、風下の内神田一帯に飛び火してくるだろう。

ここ、内神田は江戸でも職人や担い売りの小商人《こあきんど》たちが住まう長屋が密集しているところだ。

いつもは活気にあふれている町が、火の手を逃れようとする人びとでごったがえしていた。

男は背中に掻巻布団や、年寄りを背負い、女は赤子を背中にくくりつけ、手に鍋や釜などの所帯道具を抱えている。

掻巻と鍋釜は火事の翌日になると、世知辛《せちがら》くピンと値上がりするのがわかっているからだ。

まだ幼い子供たちも親にまつわりつきながら懸命に走っていた。

泣きじゃくっている子もいれば、火事と花火をごっちゃにしてはしゃいでいる坊主もいる。

吹き荒れる風が路地に渦巻き、乾ききった砂埃《すなぼこり》が目や鼻や口に容赦なく吹きつける。

鴉《からす》や雀《すずめ》が群れをなして風上に飛びさっていくのが見えた。

黒煙が不気味に空を覆い、熱風とともに火の粉が間断なく霰《あられ》のように降りそそぎ、風に煽られた枯れ葉が渦を巻いて行く手を妨げる。

髪の毛に火の粉がまつわりついてチリチリと焦がす。

着衣が焦げて悲鳴をあげる女、泣きわめく赤子を抱えて夜叉のように目を吊り上げ、裾をからげて観音さまも丸出しで、つんのめるように走っている女もいた。

男は片手に子供を横抱きにし、片手で鍋釜をかいこんで闇雲に突っ走っている。

足がもつれて転んだ女がいても、だれも手を貸そうとする者はいない。

だれもが、おのれが生きのびることで精一杯だった。

平蔵は波津の肩を抱きかかえながら、できるだけ武家屋敷の路地をぬけて昌平《しょうへい》橋《ばし》前の火除け地に出た。

武家屋敷は敷地が広いし、土塀に囲まれていて、庭には火除けの常緑樹が茂っている。それに武家屋敷は屋根も土塀も瓦葺《かわらぶ》きで、飛び火しても火事になりにくいようにできているからだ。

ここには筋違橋《すじかいばし》と昌平橋の二つの橋があるが、平蔵は迷わず神田川に沿った堀端の道を東に向かった。

　火事のときは風上に向かって走れというのが鉄則である。

　この堀端の道は幅も広く、両国の郡代屋敷のそばまで町会所や武家屋敷がつづいているため、防火のための銀杏《いちょう》や椎《しい》や樫《かし》などの防火樹が植えこまれていて火事のときに飛び火を防ぐようになっている。

　このあたりまで来ると、風向きが変わり、空には青空が見えるようになってきた。

　しつこく降りそそいでいた火の粉も、いつしかまばらになってきた。

　焼け出された人びとは、このあたりまで来て一息ついていた。

　平蔵も郡代屋敷の前に聳《そび》えているモチノキの木陰で足をとめ、波津に声をかけた。

「ここまで来ればよかろう。すこし休むがいい」

　平蔵は背中の掻巻布団を足下におろすと、腰にぶらさげてきた瓢箪の栓を抜いて、まず波津に渡した。

「よくがんばったな。まずは水を飲め」

「いえ、平蔵さまから」

「いいから先に飲め」

瓢簞を波津の手におしつけた。

「申しわけありませぬ」

波津はホッとしたように左手に抱えこんでいた糠漬けの樽を足下におくなり、喉《のど》を鳴らして瓢簞の水を飲んだ。

走りつづけてきたせいか、息遣いが荒く、肩がせわしなく波を打っている。手ぬぐいを姉さまかぶりにした波津の顔が、汗と灰と煤《すす》でまだらになっていた。

「おい、これで顔を拭け」

平蔵は頰っかぶりにしていた濡れ手ぬぐいを波津に渡してやりながらニヤリとした。

「ふふ、まるでカチカチ山の狸《たぬき》みたいだぞ」

「ま、ひどいことを……」

波津は口をとがらせたが、いそいで濡れ手ぬぐいで汗まみれの顔をゴシゴシと拭いた。

拭いたものの、煤が灰とまざりあい、カチカチ山の狸が、どぶに落ちた狸に化けてしまっただけだが、カチカチ山の狸よりはすこしはましになった。

いじらしくなって、ちょいと波津の頰っぺたを指でつついてやった。

「さっきは惜しいところだったな」

「え……」

波津は一瞬なんのことかわからず口ごもったが、すぐに気づいて真っ赤になった。

「ようも、こんなときに、そんなことを……」

「ふふふ、そうムキになるな。こんなときにじたばたしてもはじまらん。なるようにしかならんものだ」

「それはそうですけれど……」

平蔵、指に唾《つば》をつけて波津の頰にこびりついている煤をこすり落としてやった。

「よしよし、さっきよりはずんと女っぷりがあがったぞ」

笑いながら波津の肩を抱きよせてやった。

黒煙は火の粉を撒《ま》きちらしつつ、南西の八丁堀《はっちょうぼり》から霊岸島《れいがんじま》のほうに向かって吹き荒れている。

川端の柳の枝が、まるで狂女の髪のように暴れ狂っていた。

焼け出された人びとの群れがひっきりなしに押しよせてくる。

とりあえず両国広小路まで足をのばすことにした。

五

両国広小路には広大な広場があり、いろいろな屋台店がひしめきあう、江戸でも屈指の繁華街でもある。

広小路に出たところで、人の流れはふたつにわかれた。

ひとつは神田川に架けられた浅草御門橋《あさくさごもんばし》と柳橋《やなぎばし》を渡って浅草のほうに向かおうとする人びとと、もうひとつは両国橋を渡り、本所深川《ほんじよふかがわ》のほうに向かおうとする人びとだった。

両国橋は全長九十四間、隅田川に架けられた大橋のひとつである。

明暦《めいれき》三年の振袖火事のとき、隅田川対岸の本所深川に渡る橋がなかったためもあって十万人もの死人をだした。

そのため、幕府は寛文《かんぶん》元年に巨費を投じて浅草側から本所深川に通じる両国に大橋を架け、東西の橋詰めにはそれぞれ火除けのための広小路を造った。

この広小路には料理屋や待合、葭簀《よしず》張りの食べ物屋に芝居や女相撲、軽業《かるわざ》などの見世物《みせもの》小屋が建ち並び、江戸一番の盛り場になっている。

しかし、両国橋から対岸に向かおうとした人びとは橋の袂《たもと》で流れを堰《せ》き止められていた。

橋の前に町奉行所の同心や、突き棒を手にした捕り方が出張《でば》っていて渡橋を禁止していたのである。

「よいか、一度に大勢がつめかけては橋が落ちんともかぎらん」

年配の同心が十手《じって》をかざし、声をはりあげている。

「隅田川の大橋はいずれも橋止めになっておるが、柳橋や、新シ橋《あたらしばし》で浅草に向かうぶんには一向にかまわん。浅草寺《せんそうじ》をはじめ近くの寺では炊《た》き出しもしておるし、寝莫蓙も用意してくれておるゆえ、そっちにまわるがよい。火の手も夕刻までにはおさまろう。それまでの辛抱じゃ」

群衆のなかから、だれかがまぜっかえした。

「ン、なんじゃと、早く帰らぬと女房にどやされる。……はははァン、きさま、さては女郎買いの帰りじゃな。バカめが」

同心の一喝にドッと笑い声がわいた。

はじめは殺気だっていた群衆も、ここまで来れば心配もなさそうだという安堵《あんど》感と、夕刻までの辛抱だと聞いてか、ぞろぞろと神田川のほうに移動しはじめた。

「平蔵さま。どういたしましょう」

波津が背中の風呂敷包みを背負いなおし、問いかけた。

「ま、やむをえんな。大勢がひしめきあって万が一、橋桁《はしげた》でも折れたら大事《おおごと》になる」

木造りの橋はいずれも橋脚の強度を保つためと、大型の荷船がぬけられるように、ゆるやかな勾配をつけた中高《なかだか》の太鼓橋になっている。

大勢の人間が一度に渡ると欄干《らんかん》はもとより、橋の本体までがもたない恐れがあるからの橋止めの処置だろう。

それに風向きから見て、浅草方面までは飛び火しないと奉行所が判断したにちがいない。

「波津。このぶんでは下手《へた》をすると、今夜は寺の境内《けいだい》で野宿することになるやも知れぬぞ」

「かまいませぬ。平蔵さまとごいっしょならどこへでもまいります」

「ま、寝莫蓙にくるまって一夜《ひとよ》を明かすのも一興か」

「それに掻巻もございますから、二人なら寒くはございませぬ」

「そうよな。ま、そうなれば、おれが炬燵《こたつ》がわりに、じっくりと温《ぬく》めてやろう」

「また、そのような」

波津が赤くなって、睨みつけたときである。

「やぁやぁ、神谷さんじゃないか」

人垣をかきわけ、かねてから昵懇《じっこん》の北町奉行所配下の定町廻り同心・斧田《おのだ》晋吾《しんご》が気さくに声をかけながら近寄ってきた。

「あんたも焼け出されの口か」

「ああ、見てのとおりだ」

平蔵は苦笑して、背中の掻巻の包みを足下におろした。

「なにせ、朝っぱらから揺半にたたき起こされてな。いったい火元はどこなんだね」

「なんでも谷中の暗闇坂あたりらしい」

「暗闇坂……」

平蔵は眉《まゆ》をひそめた。

「あのあたりは昼間でも化け物が出そうなところだぞ。あんなところで火を焚くバカがいるかね」

「いや、昨夜の火事場跡から飛び火したんだろうとみているものが多いが、もしかしたら付け火ということもありうる」

「おい、付け火とはおだやかじゃないな」

「ここだけの話だがな」

ふいに斧田は声をひそめて耳打ちした。

「昨夜、火事騒ぎのどさくさにまぎれて赤坂新町《しんまち》の井《い》村屋《むらや》ってぇ呉服屋に押し込みがあってな。五千両もの大金が強奪されたそうだ」

「ほう、五千両とは豪儀だな」

「なぁに、井村屋は大奥御用達《ごようたし》の商人で、おまけに月光院《げっこういん》さまのお気に入りときてやがるから、蔵にゃ千両箱が唸ってるはずだ。五千両ぐらいじゃすくねぇくらいのもんよ」

斧田は口をひん曲げてペッと唾を吐いた。

月光院は前将軍家宣《いえのぶ》の側室だったが、家宣の亡きあとも現将軍家継《いえつぐ》の生母として大奥で思いのままに権勢をふるっている。

その、月光院さまが贔屓《ひいき》の呉服商とあれば内所が裕福なことはまちがいないだろう。

「なんでも井村屋の小僧が見たところによると、やつらは火消し頭巾《ずきん》に手甲脚絆《てっこうきゃはん》、黒装束に身をかためていたってぇから、どさくさまぎれの火事場泥棒じゃないことはたしかだろうな」

「じゃ、この火事も……」

「そうよ。同じ一味の仕業《しわざ》ということもありうる」

斧田同心は苦い目になった。

「とはいっても、火が鎮まらんうちはどうともならん」

斧田は十手でトントンと肩をたたいて、波津のほうに目をやった。

「しかし、ご妻女《さいじょ》も新婚ホヤホヤでとんだ災難ですな」

「いいえ、斧田さまこそ、お役目ご苦労さまでございます」

波津はいそいで帯に挟んであった前褄をおろし、頭の手ぬぐいをとって丁重に挨拶《あいさつ》した。

「神谷がいつもお世話になっております。ご挨拶が遅れて申しわけございませぬ」

「お、お、いや、こいつは恐れ入谷《いりや》の鬼子母神《きしぼじん》さまだ。さすがに育ちがちがうねぇ」

斧田は照れたように目を笑わせた。

「うちの嬶《かかあ》ときたひにゃ、客がくりゃ挨拶もろくにしねぇですっこんじまいやがるし、暇さえありゃどでんと股倉《またぐら》おっぴろげて寝てやがる。まったく女房の不作は一生の不作たぁよく言ったもんさ」

「そいつはどうかな。たしか、斧田さんのご妻女は八丁堀小町と評判の美人で、斧田さんもベタ惚れだと聞いたがね」

「へっ、よしてくんな。十年もたちゃ、小町もくたびれて大蛸《おおだこ》に化けるってもんよ」

口をひん曲げた斧田が、小鼻をひくつかせた。

「ン。……おい、なにか臭《にお》わねぇか」

「ふふ、糠漬けだよ、糠漬け」

平蔵は苦笑して、波津が抱えている藁莫蓙で包んだ糠床の樽を目でしゃくった。

「出所《でどころ》はあの樽だ」

「ま、これは、申しわけありませぬ」

波津が頬を赤らめ、いそいで樽の包みを足下においた。

「この糠床は駿河台のご実家からいただいてきた年代物ですから、むざむざと捨てるわけにはまいりませぬゆえ」

「ははぁ、なるほど、なるほど……」

斧田はニヤリとして、おおきくうなずいた。

「俗にも、糠床と女房は古いほうが、よくこなれて味よいと申しますからな」

「は……?」

「あ、いや、いかん。これは口がすべった」

斧田はピシャリと頰をたたいた。

「ま、とにかく無事でなによりだ。そういや『味楽《みらく》』の十内《じゅうない》さんが神谷さんたちのことを心配しておったぞ。ちょいと顔を出してやんな」

そう言うと、肩越しにヒラヒラと手をふって立ち去った。

「おもしろいお方ですこと」

波津がくすっと笑った。

「あの男、口は悪いが、ああみえても八丁堀じゃ腕っこきの同心だ。いざというときは頼りになる男だぞ」

「わかっております。ここにも頼りになる方がいらっしゃいますもの」

「おい。おれは、あんな品下《ひんさ》がったことは口にせん」

「あら、くだけたもの言いをなさるのは町方の同心をなさっているからでしょう。すこしも気になりませんわ」

「ン。そうか、わかっていればそれでいい」

「でも、町家の者ならともかく、武士がご妻女のことを、カカァなどと下世話な呼び方をなさるのはどうかと思いますわ」

「ふふふ、あれは江戸者の癖でな。女子《おなご》は家から出て、家に入るのが定めゆえ、家を重ねて家々《かか》となったと聞いたことがある。べつにくさしておるわけではない。いうならば親愛の情というやつだ」

「なにやらとってつけたように聞こえますけれど」

波津はくすっと笑った。

「ですが、糠床はともかく、女房も古いほうが味よいとはどういうことですの」

「あ、あれか……あれはだな。その」

平蔵、返事につまった。

「鍋釜とおなじで、使いこんでくると使い勝手がよくなってくるということですかしら」

「そう、それだ」

まさかに女の壺のことだと言うわけにはいかない。

だいぶ見当ちがいだが、壺も使い勝手のうちにはいる。

早々に切り上げて味楽に顔を出すことにした。

六

『味楽』は両国広小路の米沢町《よねざわちょう》にある料理茶屋で、主人の茂庭《もにわ》十内とは平蔵も昵懇の仲である。

十内は禄高七百石のれっきとした旗本の嫡子《ちゃくし》だったが、惚れた女のためにあっさり家督を弟に譲ったという、なんとも粋な人物だ。

もう六十路《むそじ》をすぎているが、包丁の腕もなかなかのもので、観相もよくし、骨董《こっとう》の目利きでもある。

いまは、お甲《こう》という一人娘に店の切り盛りをまかせ、気心の知れた人との交友を楽しんでいる風雅な御仁《ごじん》だった。

去年の暮れ、祝言をあげたばかりの波津を連れて一度顔を出したきりで無沙汰《ぶさた》している。こんなときに顔を出すのも気がひけるが、遠くの血縁より近くの他人ということもある。

焼け出されの人びとでごったがえしている広小路をぬけ、柳橋の前を米沢町筋にはいった。

味楽の店の前では、主人の茂庭十内がお甲や女中たちを指図し、焼け出された人びとのために炊き出しをしているところだった。

「こ、これは神谷さま……」

平蔵の顔を見るや、十内は喜色をうかべて駆け寄ってきた。

「おお、おお、ご新造さまもご無事で……」

いまにも抱きよせんばかりの喜びようだった。

お甲は襷がけで炊き出しの結び飯を竹の皮に包んでいたが、平蔵たちを見るなり下駄を鳴らして駆けてきた。

「もう、神谷さまったら、どこをほっついてたんですよう」

お甲は思いっきり平蔵の背中をひっぱたくと、すぐに波津に飛びついていった。

「まぁ、ま、お波津さま。こんなにいっぱい荷物しょっちゃって重かったでしょうに」

ねぎらいざまに波津が抱いていた糠漬けの樽を無造作にひったくって抱えこん

だ。

「さ、とにかく奥でゆっくりしてくださいな」

うんもすんもなく波津を店のほうにひっぱっていった。

「伝八郎のやつ、大丈夫かな……」

平蔵は気がかりな目で黒煙の行方を見やった。

日本橋川沿いの小網町《こあみちょう》の角地に、平蔵が竹馬の友の矢部伝八郎と、剣友の井手《いで》甚内《じんない》をくわえた三人ではじめた剣道場がある。

井手甚内は明石町《あかしちょう》で寺子屋の師匠をしている妻の佐登《さと》や三人の子と暮らしているが、伝八郎は妻も子もない一人身ということもあって道場の離れに住みこんでいる。

伝八郎はだいたいが不用心なうえに、無類の酒好きでもある。

酔っぱらって寝こんでいるところを火に追いたてられ、泡を食っているのではあるまいかと平蔵は案じた。

「矢部さまのことなら、ご心配にはおよびませぬよ」

「うむ……」

平蔵はいぶかしげに小首をかしげた。

「しかし、この風向きじゃ小網町も危ないだろう」

「いや、矢部さまは小網町にはいらっしゃらないはずですよ」

「というと、どこか穴場でも見つけてもぐりこんでいるのかね」

十内は一瞬、目をしばたき、困ったように口ごもった。

「ははぁ、どうやら、まだ、ご存じではなかったようですな」

「ン……」

平蔵、まじまじと十内を見つめた。

「まさか、あの子沢山の兄者のところにもどったわけじゃあるまい」

伝八郎の兄の小弥太《こやた》は斧田とおなじく北町奉行所の隠密廻り同心だが、三十俵二人扶持《ぶち》の微禄にくわえ、一男二女の五人所帯である。

いくらかの役得はあるものの、とてものことに大飯食らいの伝八郎の面倒までは見きれない。

必死に養子の口を探しているが、なかなかうまくいかず、小網町の道場で住み込みの師範代をして口に糊《のり》しているというのが現状だった。

「これは弱りましたな」

十内は困惑気味に重い口をひらいた。

「神谷さまと矢部さまの仲なら、とうにご存のはず、とばかり思っておりましたが」

「ふうむ。……というと、あやつ、小網町の道場からどこぞに塒《ねぐら》をうつしたということですかな」

「え、ええ、そのことなら笹倉《ささくら》さまがよくご存じのはずです。ま、ともかく、ここではなんですから……」

十内はさらりと話をそらせて、うながした。

「う、うむ」

ここはひとまず伝八郎の詮索《せんさく》はさておいて、すすめられるまま味楽の土間に足を踏みいれた。

台所ではお甲が女中たちといっしょになって握り飯と味噌汁の炊き出しに忙しく立ちはたらいていた。

手早く着替えをすませたらしい波津も襷がけになって炊き出しを手伝っていた。

味楽の店内は間口はそれほどでもないが、奥行きは深く、土間を通りぬけると柴垣《しばがき》を配した五坪あまりの内庭があり、ツツジやモッコクがこんもりと葉を茂らせていた。

そのモッコクの茂みの向こうに母屋《おもや》と渡り廊下でつながっている離れ部屋がある。

平蔵も何度か使ったことがある、六畳と八畳のつづき部屋になっていて、刀架けから厠《かわや》までついている上客用の離れだ。

新しい住まいが見つかるまで、この離れ部屋を使ってくれと十内は言ってくれた。

焼け出されの身にはもったいないほどの部屋だったが、とりあえず十内の好意をありがたくうけることにした。

腰のものを外し、刀架けに置き、大の字になって手足をのばした。

間もなく女中が朝飯がわりにと言って炊き出しの握り飯と味噌汁を運んできてくれた。

「お、これは……」

香ばしい味噌汁の匂いに腹の虫が図々しく鳴きだした。

なにしろ起きぬけの火事騒ぎに追い立てられ、腹の皮が背中にくっつきそうだった。片手に握り飯をつかみ、片手に味噌汁の椀をもったまま、ガツガツと腹につめこんだ。

　ふだんはめったにお目にかからない真っ黒で香ばしい海苔《のり》でくるんだ握り飯は至福の味がした。

　味噌汁には葱と豆腐のほかに油揚げまではいっている。

　やはり味楽を訪ねてきてよかったなとつくづく思った。

　駿河台の兄の屋敷に避難しても、これほど親身に迎えてくれたかどうか。

　――遠くの血縁より、近くの他人とはよく言ったものだ。

　握り飯を三つぺろりと平らげ、よく出汁《だし》のきいた熱い味噌汁をすすりおわるとゴロリと横になった。

　火桶には炭火がはいっていて、東向きの腰高の障子窓からは、外の空っ風とは無縁の柔らかい冬の陽射しがまぶしく差しこんでくる。

　一時はどうなることかと思ったが、ようやく人心地がついてくるにつれ、伝八郎のことが気になってきた。

　十内は曖昧《あいまい》に口を濁《にご》したが、どうやら伝八郎に女ができたらしいことは察しがついた。

　なにせ、一人で長屋住まいができるような男ではない。

　塒を変えたとあれば、身のまわりの面倒を見てくれる女のところにころがりこんだとしか考えられなかった。

いい養子の口には恵まれないとはいえ、人柄は無類にいい男だから女に無縁というわけでもない。

世の中には伝八郎のような男を好む女もいるだろう。

それに、たとえ竹馬の友といえども、女のことは別物だ。

伝八郎は図体がでかいくせに、女のことになるとコロリと人が変わってしまう。

そのせいもあって、これまで何度も女には苦汁を飲まされてきた伝八郎が臆病になるのも無理はない。

平蔵にだんまりをきめこんでいるのも、何か言われやしないかと引け腰になっているということもありうる。

——それにしても、あやつ、いつの間に……。

昨年の暮れも二人で酒を酌《く》みかわしたが、そんな素振りは微《み》塵《じん》も見せなかった。

——ちと、水臭いではないか。

好いた女にめぐりあったのなら、なにはさておいても平蔵に一言あってしかるべきだ。

なにしろ、伝八郎とは五つ、六つのころからの悪餓鬼仲間で、女遊びも、命がけの修羅場もともにしてきた相棒である。

良きにつけ、悪しきにつけ、肝胆《かんたん》相照らす仲といってもいい。

いささか銭《ぜに》に吝《しわ》いところがあるが、根っこは底抜けのお人好しだし、およそ隠し事のできないあけっぴろげな男だから、いいことも悪いことも、すぐに顔に出るタチだ。

佐治一竿斎の道場で剣の修行をともにした仲間で、平蔵とともに佐治門下の龍虎《りゅうこ》とよばれていたほどの豪剣の持ち主だが、どういうわけか女運に恵まれず、常に女体への願望に飢えている。

ちょいと見目よい女にコナをかけられると、たちまち有頂天《うちょうてん》になって舞いあがるため、これまでも幾度となく失敗してきている。

とはいえ伝八郎もすでに三十男、そろそろ身を固めていいころだから女ができたとあれば親友として祝福すべきことだが……。

――ただ、おかしな女にかかわりあって泣きをみることにならなきゃいいがな。

そのあたりが、なんとも気がかりではある。

十内の口ぶりでは笹倉新八《しんぱち》が子細を知っているらしいから、火事さわぎが落ち着いたら柳島村の新八を訪ねてみることにした。

笹倉新八は一昨年の夏に知り合った越後村上藩の牢人だが、いまは柳島村の篠《しの》山検校《やまけんぎょう》屋敷に月三両の手当てで住みこみの用心棒をしている気楽な身分だ。月に三両といえば、年に三十六両、それに三食つきとくれば下手な直参よりも実入りは格段にいい。

一人者だが、検校の信頼も厚く、身の回りをしてくれる、およしという女中までつけてもらっている。

この、およしというのが武家奉公をしていた女らしく、挙措も、言葉遣いも品があるうえに水気たっぷりの色っぽい女だった。

平蔵が見たところ、およしと新八はまちがいなく、情をかわしている仲だった。

新八は念流《ねんりゅう》の免許取りで腕もたつし、人柄もサバサバした男だ。伝八郎が女のことで相談するにはもってこいの男でもある。

――ま、笹倉さんがついているなら、さほど心配することもあるまいよ。

第二章　仙台堀《せんだいぼり》の夜鷹《よたか》

一

　その日、昼過ぎになって暗闇坂につづく道で三人の中間《ちゅうげん》の死体が見つかったという知らせが月番の北町奉行所にはいった。

　この界隈《かいわい》が持ち場の定町廻り同心の斧田晋吾はすぐさま岡っ引きの常吉《つねきち》たちをしたがえて、急遽《きゅうきょ》、現場に駆けつけた。

　茣蓙《ござ》の上に並べられた三つの死体を検分した斧田は、

「この下手人《げしゅにん》はたいした腕の野郎だぜ」

　十手《じって》で肩をポンポンとたたきながら、口をひん曲げて吐《は》き捨てた。

「それも下手人は一人じゃねぇ。二人だな」

「へええ、どうしてそんなことまでわかるんです」

長年、斧田晋吾の下で岡っ引きとしてはたらいている本所の常吉が死体のそばにしゃがみながら目をすくいあげた。

松平伊豆守下屋敷と寛永寺僧坊の土塀に挟まれた一本道の向こうは天王寺《てんのうじ》の門前町までつづいている。

今朝、下屋敷の中間が路傍《ろぼう》にころがっている血まみれの死体を三つ発見し、門前町の辻番所に駆け込んできたが、番所では昨夜の火事の後始末にてんやわんやで人手がなく、ようやく寺社奉行に届けたものの、管轄外ということで月番の北町奉行所に届けがあったのは昼すぎだった。

斧田同心が岡っ引きの常吉たちをしたがえて駆けつけて、とりあえず死体の身元を洗ってみたところ、殺された三人の中間は伊豆守屋敷に隣接している秋元但《あきもとたじ》馬守《まのかみ》下屋敷の中間だとわかった。

但馬守下屋敷ではとうにわかっていたはずだが、外聞を気にして知らぬ顔の半兵衛をきめこもうとしたらしい。武家屋敷のこういう横着は日常茶飯事だが、いちいち文句をつけてもはじまらない。

殺しの探索は着手の早さが肝腎だが、武家屋敷と寺社がらみの事件はだいたいが手間取るものときまっている。

（こいつは厄介な事件になるぜ……）

斧田は眉《まゆ》をしかめて舌打ちした。

「おい、常吉。よく見ろ」

斧田は道の上に死体のあった位置をしめす線引きを顎でしゃくってみせた。

「いいか。死体はそことここにふたつ、前のめりにつんのめるようになってくたばっていたが、もうひとつは十間ばかり離れた先で後ろ向きにのけぞるような格好でくたばっていた」

「へえ、そのとおりで……」

「いいか、殺《や》られた中間の足跡はどれも藁草履《わらぞうり》だが、下手人の足跡は上物《じょうもの》の雪駄《せった》だ。それも雪駄の文数がちがう。手前の雪駄はおれとおなじぐらいだが、あっちの雪駄は一文上のおおきいやつだ」

「ははぁ、なるほど雪駄の文数ねぇ」

霜柱のおかげで足跡はくっきり残っている。

「おおかた手前の二人は先に襲われたんだろうよ。一人は逃げようとして向こうに突っ走ろうとしたが、もう一人の下手人が追いかけざまに後ろから袈裟《けさ》がけに斬《き》り捨てた」

「へぇえ、さすが旦那だ。まるで見ていたようでござんすね」

「てやんでぇ。芝居でも見てるような口をきくんじゃねぇ」

「へ、へい」

「それにしても、三人とも肩から肋骨《ろっこつ》まで唐竹割《からたけわり》の一太刀《ひとたち》で仕留めてやがる。この下手人は二人とも相当な遣《つか》い手だぜ」

「辻斬りですかねぇ」

「どっちにしろ懐中物狙《ねら》いじゃねぇことはたしかだろう。三人とも巾着《きんちゃく》はとられちゃいねぇようだからな」

そのとき、暗闇坂のほうから常吉の下っ引きをしている桶屋《おけや》の留松《とめまつ》がすっとんできた。

「旦那《だんな》。たったいま、不忍池で死体があがりやしたぜ」

「ほう。身投げか、それとも心中かい」

不忍池界隈の池ノ端仲町《いけのはたなかまち》には水茶屋や出合い茶屋が多い。

男と女の色事がこじれての無理心中や、借金で首がまわらなくなっての投身自殺が多いことでも知られているからである。

「と、とんでもねぇ。そんな色っぽいもんじゃありませんや。土手っ腹をずぶりと一突き……まちげぇなく殺しでさぁ」

「なんだと……」

「それも切っ先が背中まで突きぬけてやすから、ありゃ包丁や匕首《あいくち》じゃありませんね。長いヤツでさ」

「ほう、長物となりゃ下手人は二本差しってことか」

「へ、へぇ」

かたわらにいた常吉の目がギラリと光った。

「旦那。もしかすると、そいつは、この三人をやったやつとおんなじ下手人かも知れませんぜ」

「うむ。なにか手がかりがつかめるかも知れねぇな」

二

死体は寛永寺門前町の辻番所の小役人の手で池の土手に運びあげられていた。

「こいつ、どっかで見たつらだな」

死体の顔を見た常吉は首をひねった。

「日焼けしてるところを見ると居職《いじょく》じゃなさそうだ。おてんとさまの下ではたらいてる野郎だな。指にタコがねぇところを見ると一丁前の職人じゃねぇな」

「あっ、こ、こいつ……」

留松が素《す》っ頓狂《とんきょう》な声をはりあげた。

「親分、こいつぁ、ひと月ほど前に、ホラ、ホラ……」

「バカ野郎。なにがホラホラだ。ホラだけじゃわかりゃしねぇやな。しゃきっとしろい」

「ちきしょう、じれってぇな」

「ちっ、じれってぇなぁこっちだぜ」

「あ、そいつだ」

「なにぃ」

「そのじれってぇやつでさぁ。ほら、去年の暮れに姐《あね》さんが店の改築を頼んだときに来た大工のなかに何をやらしてもドジな野郎が一人いたじゃねぇですか」

「あ、あの野郎か……」

常吉は本所の松井町《まついちょう》に『すみだ川』という料理茶屋をもっていて、女房のおえいに店をまかせている。

常吉のような岡っ引きは同心からもらう探索費用だけでは留松のような下っ引きにくれてやる手当てまでは賄《まかな》いきれないから、出入りしている大店《おおだな》から袖《そで》の下をもらう者が多いが、常吉はそういうことをしたくないため、おえいに『すみだ川』をまかせて探索費用にあてている。

その『すみだ川』を去年の暮れに一部改築したのだが、そのとき棟梁《とうりょう》が連れてきた数人の大工のなかに一人、半人前の仕事しかできない新米の大工がまじっていたのだ。

「ありゃ、たしか太吉ってやつでしたよ。親分がこんなじれってぇドジなやつは見たことがねぇって腹たてたやつ」

「ちげぇねぇ。あの野郎だ」

常吉がポンと手をたたいて吐き捨てた。

「鉋《かんな》どころか鋸《のこぎり》ひとつまともに使えねぇ、釘《くぎ》を打たせりゃ、てめぇの指をぶったたいて生爪《なまつめ》はがして泣いてやがったっけな」

口をひん曲げた常吉が、死体を検分していた斧田に、

「旦那。ホトケの身元が割れましたぜ」

「聞いてたよ。そんなハンチクな職人がなんで殺されなきゃならなかったのか、

まずはそいつを洗うこったな」

　死体のかたわらにしゃがみこんでいた斧田が、土手の草むらからつまみあげたビタ銭を目でしゃくった。

「それより、これを見ろい。たかがビタ銭たぁ言ってもよ。ざっと見ただけでも三、四十枚はあるぜ」

「旦那。なかにゃ四文銭もいくつかまじってやすよ」

　留松が四文銭をつまみあげて首をかしげた。

「目《め》の子《こ》でも百文か二百文ぐらいはありそうですね」

「おかしいと思わねぇか。物乞いや夜鷹ならともかく、並みの人間がこれだけの小銭を後生大事に持ち歩くかよ」

「へ、へい。そういや、たしかに……」

「それにだ。この銭はゆうべのうちにここにまきちらされたものにちがいねぇ。いくらバラ銭でも銭は銭だ。ここを通りかかったやつはだれだって気がつきゃ拾ってポッポにしまいこんじまうか、でなきゃ番所にとどけるだろうよ。二百文もありゃうどん十杯食ってもお釣りがくる。夜鷹なら何人も買えるだろうよ」

「へ、そりゃまぁ……」

「いくら懐の寒いドジな大工でも巾着のなかにゃ一朱銀《いっしゅぎん》か、二朱銀ぐらいはもってるはずだろうが」

「ま、そういや……」

「ちらばってるのがバラ銭だけってとこが気にいらねぇのさ。こいつにゃ何か裏がある」

「と、言いやすと……」

「裏があるってことは、この殺しとビタ銭はまっすぐつながってるってことよ」

「…………」

「いいか、ゆうべの火事のもとは火のついた藁束《わらたば》を積んだ牛車が門前町に突っこんだためだとわかってるんだ。殺しの下手人が二本差しだとしても、牛や荷車を調達してきたのは、その太吉って大工に、まず、まちがいはねえ。だとしてもだ、まさか百文や二百文のはした金で片棒かつがされたとは思えねぇやな」

——そうともかぎりませんぜ。

常吉は腹のなかで、そう思った。

深川あたりの食いつめ者のなかには百文の銭で人殺しをやりかねないやつもいる。だが、それをいうと斧田の雷が落ちてきかねない。

それに斧田の勘ばたらきは常吉もたまげるほど鋭いことがある。

こういうときは黙って聞いているほうが無難だった。

「おれの勘じゃな、ゆんべの付け火と、ここにちらばってやがるビタ銭は見えないところでつながってるような気がするぜ」

「へへへ、ま、出所《でどころ》が暗闇坂でやすからね」

「バカ野郎。おちゃらけてるんじゃねぇ！　とっとと、そのドジな大工の身状《みじょう》を洗ってこい。仕事はドジでも、付け火の片棒をかつぐだけの小悪党だったということもある」

「へ、へい！」

常吉はすぐさま留松をしたがえて駆け出していった。

三

身状を洗えといわれたものの、改築仕事を頼んだのは女房のおえいだから、おえいのいる松井町の『すみだ川』にもどり、太吉の住まいを聞きだそうとした。

「ま、あの太吉が……」

おえいは青く剃《そ》りあげた女房眉をひそめ、思わず声を呑《の》みこんだ。

「なんだって、また不忍池なんかにいったんだろ」

「そいつがわかりゃ、殺されたわけも見当がつくだろうと斧田の旦那はおっしゃってるんだ」

常吉は茶をガブリとすすって、せきこんだ。

「おめえなら、あいつのヤサがどこかぐらいは知ってんだろう」

「よしとくれよ。棟梁が使ってる大工の住まいまで、あたしゃいちいち聞いてやしないよ」

「ちっ。このすっとこどっこいが」

「ちょいと、すっとこどっこいとは何さ。店はあたしにまかせっぱなしで、よくも言ってくれたわね。あたしがすっとこどっこいなら、あんたはなんなのさ。この唐変木《とうへんぼく》！」

おえいはキリキリと青い剃り眉を吊り上げた。

「ぬかしやがったな！　この阿魔《あま》。おれが唐変木ならてめぇはなんなんでぇ。おれといっしょになれるんなら身を粉《こ》にしても所帯の苦労はさせやしないよ、なぁんてぬかしやがったのはどこのどいつでぇ」

「なにさ！　そっちこそ、おまえみたいな別嬪《べっぴん》を女房にできたら床の間のお飾りにして、一生、銭の心配なんかさせやしないなんて、えらそうな啖呵《たんか》きっといて、よくもそんな口をたたけたもんだね」

おえいはふだんは目端《めはし》、気配りのよくまわるできた女だが、一度臍《へそ》を曲げると金輪際《こんりんざい》あとに引かない鉄火肌《てっか》の気性である。

留松は「ほうらきた」と自分にとばっちりが飛んでくる前にそそくさと逃げ出してしまった。

「なんでも、おかみの御用といやぁ、あたしが恐れいるとでも思ってるのかい。へん！　亭主がきいて呆《あき》れるね。あんた、このひと月のあいだ、あたしに指一本さわろうともしなかったじゃないか。それでも亭主面《づら》するつもりかい」

「お、おい。何も、そこまで言うこたぁねぇだろう」

「そこまでも、ここまでもあるもんか。あたしだって生身の女だよ。あたしがその気になりさえすりゃ、浮気の相手どころか、料理屋の一軒ぐらいもたせてやろうって気前のいい旦那だって両手の指じゃ数えきれないほどいるんだからね」

ぐいと立て膝《ひざ》ついてまくしたてた。

「わ、わかった。わかった。な、な、いい加減、機嫌なおしてくれよ。今夜は早くきりあげて帰ってくるからよ」

本所の親分もこうなるとだらしがない。

おえいのそばににじりよって、立て膝になった腿《もも》のあたりにそろりと手をのばし、ご機嫌をとりにかかったが、

「なにさ！　この手は、気色悪い」

ピシャリとひっぱたかれ、

「そんな見えすいた手でごまかそうったってそうはいかないよ。こっちは店のやりくりで四苦八苦してんだから、どっかですこしでも工面《くめん》してきてもらいたいわね。あたしゃ、とうに見飽きたあんたの顔なんかより、ピッカピッカに光る小判のほうが拝みたいんだからさ」

とんでもないところに飛び火しそうになった。

――へっ、てやんでえ。乳も尻の肉もゆるみかけてるくせしやがってよくぬかすぜ。こちとらだって、その気になりゃ浮気の相手なんぞいくらでもいらぁな。

「なに、口もごもごさせてんのさ！　あっちがダメになったんなら、せっせと足で稼いでくるんだね」

到底、口では勝ち目はない。いそいで飛び出して、改築を頼んだ大工の棟梁の

政吉《まさきち》を林町《はやしちょう》の家に訪ねてみたが、太吉は三日前から顔を出さなくなったという。

「おおかた、てめぇでも大工にゃ向かねぇとあきらめたんじゃねえんですかい。そのくせ、仲間にゃ近いうちに所帯をもつんだなんてぬかしてたってぇから、どっかに好きな女でもできたんでしょうよ」

「所帯を……」

「へえ。ろくに仕事もできねぇくせに所帯をもつなんてぇのはどだい無理なはなしだと思いましたがね。やつはけっこう本気だったようですぜ。所帯をもつとなりゃ、ちっとは銭を貯めなくっちゃなんて仲間の前じゃぬかしてたそうですからね」

政吉は口は悪いが、若い者の面倒見がいい棟梁らしく、

「あっしに相談してくれりゃ、あいつに向いてる仕事先を世話してやったのに、どこをうろついてやがんだか……」

「…………」

「ところで、あの野郎。なんかやらかしたんですかい」

「いや、なんかやらかそうにも、てめぇのほうが、口もきけねぇお陀仏《だぶつ》になっちまったのよ」

「え……」

鳩が豆鉄砲を食らったような政吉から、太吉が借りていたという南六間堀《みなみろつけんぼり》の長屋までは聞き出せた。

いま、政吉は源森川《げんもりがわ》沿いの瓦町《かわらちょう》で長屋の新築仕事を請け負い、太吉の仲間だった大工はみんなそこにいっているという。

留松に仕事現場にいる大工仲間たちの聞きこみをまかせ、常吉は太吉が住んでいた南六間堀町に向かった。

四

五間堀《ごけんぼり》に架けられた弥勒寺橋《みろくじばし》を渡り、小名木川《おなぎがわ》の高橋《たかばし》に向かう右側の路地をはいったところに太吉が住んでいたという伝助店《でんすけだな》がある。

しかし、伝助店の住人で太吉と親しくしていたものは隣に住んでいる左官の源《げん》助《すけ》夫婦だけだった。

太吉は房州の百姓の次男で、江戸に出てきたものの、根が不器用だったらしく、あちこち仕事を変えては十日ともたず追い出され、やっとのことで源助の口利きで、棟梁をしている政吉に拾ってもらったということだった。

その源助の女房のおつねによると、

「なんでも、太吉さん、仙台堀の川っぺりで幼馴染《おさななじ》みの女にひょっこり出会ったのがきっかけで、毎晩のように会いにいってるようですよ」

どうやら太吉が所帯をもとうとしていたのは本気だったようだ。

「ふうむ。幼馴染みねぇ」

田舎から出てきたものの、腰が落ち着かずふらふらしていた太吉にとって、おなじ村の幼馴染みとの再会がどんなにうれしかったかは常吉にも想像はつく。

「で、その女はどこに住んでるか聞いているかね」

「いえ……そこまでは」

「いや、住まいまでは聞いてなくてもかまわねぇ。奉公先でもわかりゃいいのさ」

「奉公だなんて、そんなまともなもんじゃないんですよ、親分」

おつねは肩をすくめて手をふると、声をひそめた。

「まともじゃねぇというと、水茶屋で色でも売ってるのか」

水を向けると、おつねは口をひん曲げた。

「水茶屋ならめずらしくもありませんよ。その、まだ下の、……いやだ、やっぱり、そこまでは言えませんよ」

しゃべれないと言いながらも、内心ではしゃべりたくてうずうずしているのが見え見えだった。

人というのは他人の幸せはねたむが、不幸せは吹聴《ふいちょう》したがるものだ。

「なに、ここだけのはなしだ」

常吉はしかたなしに斧田から預かっている十手をちらつかせ、

「こいつは御用の筋だ。聞かせてもらわねぇと番屋でしゃべってもらうことになるぜ」

「そんな、親分……」

おつねは顔色を変え、しかたなしに声をひそめた。

「ほら、莫蓙抱えて男の袖を引くって、あれみたいですよ」

「なにぃ……」

常吉は思わず絶句した。

「じゃ、その女、夜鷹だってぇのか……」

「え、ええ、うちのが飲んだくれた帰りに仙台堀の木場《きば》のあたりで、太吉さんがそれらしい女と手をとりあってこそこそはなしあってるところを見たそうですよ。ほら、おきまりの手ぬぐいで頰っかぶりして、小脇に茣蓙抱えたっていうから、夜鷹のほかにいやしませんよ、そんな格好した女」

おつねはしゃべりだしたらとまらない金棒曳《かなぼうひ》きの女らしく、自分が見ていたかのように、ぺらぺらとまくしたてた。

「ふうむ。仙台堀、か……」

源森川や仙台堀の川沿いで夜鷹が客の袖を引いていることは常吉もよく知っている。ことに仙台堀は木場の材木置き場が密集しているから、夜鷹が客の袖を引くにはもってこいの場所だった。

また、一方の源森川沿いは道幅もひろいし、土手もゆるやかで草むらに覆われているから夜鷹だけではなく、男女の逢い引きによく使われる。

なかには杭《くい》に舫《もや》ってある小舟のなかにもぐりこんで抱き合う男女もすくなくなかった。

御法にふれるとはいうものの、男と女が乳くりあっているのを咎《とが》めだてするのも野暮だし、屋根なしの夜空の下で体を売らなければ食っていけない夜鷹を目くじらたてて取り締まるのも阿漕《あこぎ》なはなしだから、町方の同心や岡っ引きたちも見て見ぬふりをするものが多い。

とはいえ、太吉の幼馴染みの女が、よりによって売女《ばいた》のなかでも、下《げ》の下の口の夜鷹をしていたとは……。

――なんてこったい。

皮肉といえば皮肉、哀れといえば、これほど哀れな出会いはない。

暗然とした常吉の脳裏に、一瞬、不忍池の土手にちらばっていた何十枚ものビタ銭がちらついた。

――まさか、あの銭は……。

夜鷹の稼ぎは、しがない文銭の世界である。

莫蓙の上に仰臥《ぎょうが》して男の渇望を満たしてやって三、四十文の小銭を稼いで日々の暮らしの糧《かて》をえるだけの、その日暮らしだ。

たまには気まぐれに一朱銀をはずんでくれる気前のいい男もいるだろうが、蕎《そ》麦《ば》一杯とおなじ十六文にしろと値切るケチな客もいれば、抱いたあとで銭を払わずに逃げてしまうやつもいる。

下手《へた》に騒ぎたてたところで助けてくれるものもなし、運が悪ければ絞め殺されることもある。そんな思いをしても、ひと晩で五、六人の客をひろえればよし、一人もひろえないオケラの夜もある、なんとも切ない稼業である。

明日、食べる米がなければ飢えるしかないから、それでも泣く泣く莫蓙の上に仰臥して男のなすがままに身をゆだねるしかない。

夜鷹もさまざまで、年寄って雇ってくれる店もなく、ほかに頼る身よりもいないため皺《しわ》を厚化粧で塗りつぶし、おきまりの手ぬぐいの頬っかぶりで客の目をごまかして女体をひさぐ者もいれば、亭主が長患いし、米代や薬代にも窮して、こっそり夜鷹にでる女もいた。

太吉の幼馴染みだという女は二十歳《はたち》そこそこのはずだが、夜鷹に身を落とすにはそれなりのわけがあったにちがいない。

――しかし、そのことを知った太吉はどう思ったんだろうな。

それでも所帯をもとうとしたからには、あえて危ない橋も渡ろうとしたのかも知れない。

「その女の名前は聞いちゃいねぇのか」

「ええっと、たしか、おみつちゃん……そう、おみつちゃんて言ってましたよ。ふふふ、夜鷹がおみつちゃんだなんて、なんか笑っちゃいますよねぇ」

「そうかい。その女も生まれたときから夜鷹だったわけじゃあるまいし、おみつちゃんでも、おはなちゃんでもかまやしねぇと思うがね」

「………」

常吉のひと言が胸にぐさりと刺さったらしく、おつねは黙りこんでうつむいてしまった。

五

留松と落ち合う約束の菊川橋《きくかわばし》ぎわの蕎麦屋に顔を出すと、留松はひと足先に来ていて「かけ蕎麦」を食べていた。

よほど腹がへっていたのだろう。丼《どんぶり》を抱えこんで汁を残らずすすりこんでいた。

「それじゃ足りねぇだろう。『しっぽく』か『あん平《ぺい》』でもとりな」

「へい。じゃ『しっぽく』をいただきやす」

「よし、おれもおなじやつにしよう」

運びの女中に「しっぽく」をふたつ通しておいて、

「で、何かわかったかい」

「それがたまげたのなんのって……」

留松は気負いこんで身をのりだした。

「大工仲間の一人に太吉の面倒を見てた男がいましてね。そいつのはなしじゃ太吉が顔を見せなくなった二日ほど前に、なんと太吉が二両もの大金をもってたってんですよ」

「なに、二両だと……」

「へえ、それも小判が一枚と、粒銀で一両もってたのを見たってんですから、ぶったまげやしたよ」

「ふうむ、そりゃたまげらぁな。おれだって小判なんざ、ここ一年ほどお目にかかったこともねぇや」

「あっしなんざ、粒銀のひとつも巾着にはいってたら夜もおちおち眠れやせんよ」

「太吉のやつ、どこでそんな大金を手にいれたかわかってるのか」

「いえ、それがね。手付けをもらっただけで後金はまだだってんだから豪勢なはなしでさ」

「なんだと……」

常吉の目が鋭くなったとき、「しっぽく」が運ばれてきた。

し、腹もちもいい。

　アツアツの「かけうどん」の上に焼いた鶏肉《とりにく》、蒲鉾《かまぼこ》、甘辛く味付けした椎茸《しいたけ》、慈姑《くわい》をのせたもので、二十四文と値段も高いが、うまいし体も芯からあったまる

　早速、丼を抱えこみながら、常吉は唸《うな》った。

「手付けに後金となると、まともじゃねぇ。……おおかた、太吉のやつ、金が欲しさにヤバイことに首突っこんだにちげぇねえな」

「ヤバイってぇと、殺しとか、火付けとか……」

「太吉に殺しを頼むやつがいるわけはねぇだろう。となりゃ、ゆんべの暗闇坂の火付けの片棒かつがされたのよ」

「それで口ふさぎに、ずぶりと一突き……」

　留松、口に運びかけた蒲鉾をあやうく飲みこもうとして喉につっかえさせ、目を白黒させた。

「もちかけたやつはサンピンとみていいだろう。……で、太吉が所帯をもとうとしてた女の住まいは聞き出せたか」

「へい。なんでも枕橋《まくらばし》に近い瓦町の［なめくじ長屋］だそうです」

「よし、まだ夜鷹稼ぎに出るにゃ早い。いまなら長屋にいるだろう。はやいとこ

食っちまえ」

「へ、へい……」

第三章　枕橋の［なめくじ長屋］

一

枕橋は隅田川が源森川とわかれる入り口にある。

瓦町は源森川をはさんだ水戸家《みとけ》下屋敷の対岸にある瓦焼き場ではたらく瓦職人が多い町で、いくつにもわかれている。

おみつの住まいは、トントン葺《ぶ》きの板屋根にペンペン草が生い茂っている、ちょいと地震がくればひとたまりもないオンボロの棟割り長屋だった。

雨漏りするため湿気が多く、蛞蝓《なめくじ》が年中のさばっているところから界隈《かいわい》では［なめくじ長屋］で通っている。

そのどんづまりの奥が、おみつの住まいだった。

「ごめんよ」

声をかけて戸障子をあけると、薄暗い部屋のなかに横座りになった女がおおきく胸をひらいて、赤子に乳を飲ませていたところだった。

ふっくらした白い乳房がまぶしく目に飛びこんできて、常吉はぎくりとして棒立ちになってしまった。

「お、こいつはわりいことしたな」

女は黒目がちの双眸《りょうめ》をおおきく見ひらき、いそいで膝《ひざ》を横向きにずらすと赤ん坊に乳房をあずけたままで常吉に目を向けた。

「あのう。どちらさまでしょうか……」

おずおずと聞き返した声は咎《とが》めるというよりは、何かに脅《おび》えているかのように掠《かす》れていた。

どうやらそれがおみつという女らしいが、とても夜鷹《よたか》をしているとは思えない、なかなかの器量よしだった。

「あんたが、おみつさんだね」

「は、はい……」

おみつは消え入るような声でうなずいて、細い指先で鬢《びん》のほつれ毛をかきあげた。

「あっしは常吉ってもんで、ちょいと公儀《おかみ》の御用をしているもんですがね。太吉さんのことで聞かせてもらいてぇことがあるんだが」

そう切り出した途端に、おみつの顔からみるみる血の気がひいた。

「太吉さんが、どうかしたんですか……」

「ン、うむ……」

常吉は口ごもった。何か自分がむごいことをしているような後ろめたさをおぼえた。

「あんたが太吉と所帯をもとうとしていたと聞いたが、ほんとうかね」

「………」

おみつはすぐには答えなかったが、やがておずおずとうなずいた。

「太吉さんはそう言ってくれてますが、あたしはそんなのできっこないと思ってます」

おみつの唇がわなわなと震えた。

「だって、あたし……」

みるみるうちに双眸に涙があふれ、おみつは赤ん坊を抱きしめたまま嗚咽《おえつ》をもらした。

「そんな女じゃありませんから……」

懸命に声をしぼり出すと、おみつはキッと顔をあげた。

「親分さんがお見えになったところをみると、太吉さんに、何かあったんですね」

常吉はゆっくりうなずいた。

「今朝、不忍池で死体が見つかったんだが、それがどうやら太吉と見てまちがいねえようだ」

「………」

おみつはしばくのあいだ、瞬《まばた》きもせず、放心したように常吉を見つめていたが、やがて赤ん坊をひしと抱きすくめると声を殺して慟哭《どうこく》した。

「その子は、太吉の子かい」

「いいえ……」

おみつは弾かれたように顔をあげると、堰《せき》をきったように訴えた。

「ちがいます。この子の父親《てておや》はどこにいったかわかりません。あたしを捨ててどこかにいっちまったんです。この子が産まれて、ひと月とたたないうちに……」

おみつは遠いところを見るようなまなざしを宙に泳がせた。

「あたし、死のうと思いました。でも、この子を道連れにするなんてことできない。できなかったんです」

おみつは、また、ひしと赤ん坊を抱きしめた。おみつはまた白い胸を惜しげもなく
赤ん坊が火のついたように泣きはじめ、おみつはまた白い胸を惜しげもなくむむき出しにして乳首を赤子にふくませた。

すぐに赤子は泣きやんで、んぐ、んぐ、と喉《のど》を鳴らして乳を飲みはじめた。

「なんてぇ名なんだい。その子は……」

「こうきち……」

おみつはポツンとつぶやいた。

「ほう、こうきちか。きっと親孝行な子になるだろうよ」

「いいえ、親孝行なんて、そんな……」

おみつは常吉をまっすぐ見返し、

「考えたこともありません。あたし、この子だけは人並みに幸せになってもらいたくて……それで」

「そうか、その幸吉か」

せめて、我が子だけは幸せになってほしいと思って付けた名前だと聞かされて、

常吉は胸がジンとなった。

おみつは顔こそやつれていたが、乳房は艶《つや》やかで張りがあった。素足の上にのった臀《しり》も女盛りの実りを迎えた女らしい厚みがある。

太吉が夜鷹と承知のうえで惚《ほ》れたのも無理はない、器量よしだった。

しかも、房州の田舎育ちにしては、言葉遣《づか》いも雑なところはなく、どこかあく抜けしている。

——太吉はさぞかし心残りだったろうな。

ふいに常吉の胸にそんな思いがかすめた。

しばらくして、おみつはひらきなおったかのように落ち着いた目を常吉に向けた。

「それで、下手人《げしゅにん》は見つかったんですか」

「いや、殺《や》ったのはどうやらサンピンらしいと見当はついてるんだが、どこのどいつかは皆目わからないんで弱ってるのさ」

「おさむらい……」

おみつはポツンとつぶやいて、ひたと常吉を見た。

「あたし、見たことがあります。その、おさむらい……」

「なんだと……ほんとうかい」

「ええ。五日前に、あたし、太吉さんについていっしょに長屋にいったんです。太吉さんには、ほんとによくしてもらってるのに、なんにもしてあげられなくて……」

ふいに、おみつは羞《は》じらうように目を伏せた。

「こんな、あたしでもよかったらと、そう言ったんです。だって、ほかにしてあげられることなんか、なんにもなかったから……」

おみつは寂しそうに目をあげると、ふいに首筋まで赤く血の色をのぼせて、うつむいた。

一瞬、おみつの全身から匂い立つような色気がただよった。

「………」

常吉は黙ってうなずいた。

どうやら、それが二人きりで過ごした初めての夜だったのだろう。そして、おそらく太吉にとっては生涯で、もっとも幸せな一夜《ひとよ》だったにちがいない。

おみつはすやすやと眠りはじめた赤子を、敷きっぱなしの布団に寝かせつけると、きちんと膝をそろえ、はだけた胸をかきあわせてから常吉のほうに向きなおった。

「その夜、そいつを見たんだな」

「え、ええ……」

「長屋に来たのか」

「はい。五つ半（午後九時）ごろだったと思います」

二

二人が、おたがいをむさぼりつくすような激しく、切ない営みをくりかえし、汗ばんだまま抱きあい、まだ足りずに口を吸いあっていたときである。

ふいに戸障子をトントンとたたく音がして、

「おい、おれだ」

低い声がしたかと思うと、太吉がびくっとして身を起こし、指を口にあて、せわしなく搔巻《かいまき》布団で肌襦袢《ジュバン》一枚のまま寝ていたおみつをくるみこんでしまった。

「あたし、何がなんだかわからなかったけど、なんだかよくないことが起こりそうな気がして、ちいさくなって息を殺していたんです」

やがて太吉があたふたと起き出し、掻巻布団で簀巻《すま》きにしたおみつの上に敷き布団をどさっとかぶせた。

やがて太吉が突っかい棒をはずし、ガタピシと桟《さん》をきしませながら戸障子をあける音がした。

おみつは身じろぎもせずにいたが、簀巻きにされていた掻巻布団の隙間《すきま》から戸口が見えた。

ふんどしをはずしたままの太吉が半纏《はんてん》をひっかけただけの格好で、牢人者らしい背の高い二本差しと戸口でささやきあっているのが見えたとおみつは言った。

「で、そのサンピンの面《つら》は見たのか」

「はい。もう一人のおさむらいが提灯《ちょうちん》をもっていましたので、よく見えました」

「なに、サンピンは一人じゃなかったのか」

「はい。太吉さんと話していたおさむらいは背が高くて、太吉さんを見おろしているみたいでしたが、もう一人はずんぐりしていて、鼻の脇におおきな黒子《ほくろ》があったような気がします」

「黒子が……」

「ええ。まるで大豆《だいず》みたいな……こんなにおおきな」

おみつは小指の端をつまんでみせた。

「ふうむ……ほかにおぼえてることたぁねぇかい」

「さぁ……」

ちょっと首をかしげたおみつは、やがてひとつひとつを思い出すようにうなずきながらはなしはじめた。

「その、背の高いおさむらいは、こう、顎《あご》が長くて、先のほうがしゃくれていて……」

「ははぁ、馬面ってやつだな」

「え、ええ。そういえば、そんなような……」

「二人が何をはなしてたか、おぼえてねぇかい」

「ええ、牛がどうとか、荷車がどうとか、たぶん太吉さんが請け負った仕事のことだと思いますけど」

「なにぃ、牛と、荷車だと……」

下谷の付け火は牛に引かれた火だるまの荷車が門前町に突っこんできたためだとわかっている。

常吉は思わず、かたわらの留松と顔を見合わせ、うなずきあった。

「それからどうしたい。そいつら、なかにゃ入らずに帰ったのか」

「ええ。だって六畳一間きりしかない長屋だから……」

「そうか……」

やつらに入りこまれたら、おそらく無事ではすまなかったろうと常吉は思った。

「よく思い出してくれたな。ありがとうよ」

「あのう……」

「うむ。まだ何か思い出したのか」

「いえ……」

おみつはしばらく迷っていたようだが、何か決心したように腰をあげると、部屋の隅においてあった米櫃《こめびつ》がわりの甕《かめ》の蓋《ふた》をとった。

袖《そで》をまくり、米の底から巾着《きんちゃく》をとりだすと、三枚の一両小判を常吉の前においた。

「な、なんでぇ、これは……」

「あの晩、太吉さんからもらったんです。これだけあれば当分は暮らしに困らないだろうって言って……」

「ははあ、出所《でどころ》はそのサンピンだな」

「ええ。頼まれた仕事の手付けだって言ってましたから……」

おみつはぎゅっと唇を嚙《か》みしめた。

太吉は手付けとして五両うけとり、そのなかから三両をおみつに渡したのだというう。

「あたし、もらえないって言ったんです。だって、そんな大金、手付けにくれるなんて、危ないことさせるにちがいないと思って、太吉さんにことわるように言ったんだけど……」

おみつは両手を顔におしあて、激しく嗚咽した。

「あの人、そのお金で二人で何か商売しようって言って……」

「いいんだよ。太吉はなにも人殺しを請け負ったわけじゃない。ちっとヤバイ臭いはするが、あんたと所帯をもつにゃ、すこしぐらい危ない橋も渡らなきゃと思っただけさ。心底、惚れてたんだよ、あんたに」

「そんな、こんな女に……そんな値打ちなんか、ありゃしないのに……なんだって、そんな」

おみつは腰を折り曲げ、畳に顔をこすりつけて泣きくずれた。

「よしな。太吉にとっちゃ、あんたは命を賭《か》けても惜しくない女だったのさ」

常吉はおみつの肩をたたいて慰めると、膝の上に三両の小判をおいてやった。

「こいつは、だれのもんでもねぇ、あんたの金だ。これだけありゃ、なにか商いする元手ぐらいにはなるだろう」

「でも、親分……」

「いいってことよ。そいつは太吉が命とつりかえにした金だ。大事にとっときな」

おみつの号泣を背に常吉は表に出た。

待っていた留松の両目が真っ赤になっていた。

源森川に出ると、空《から》っ風が川面を波立たせて吹きぬけていった。

三

――このお金は、めったなことでは使えない。

おみつは三両の小判を両手でにぎりしめて、そう思った。

――太吉さんが、あたしのために命とつりかえに残してくれたお金だもの。

太吉はおみつが夜鷹をしていると知っても、すこしも責めようとはしなかった。

（おいらでよかったら女房になってくんねぇか。おいら、ハンチクな男だけどよ。食っていくぐらいの銭はなんとか稼ぐからよ）

太吉はそう言ってくれたが、おみつは、

――世の中、そんな甘いもんじゃない。

そう、思った。げんに太吉だって一人食べていくのがやっとの稼ぎしかないことはわかっている。

おみつも乳飲み子をかかえていると、外にはたらきに出ることもできないから、縫い物の賃仕事をしているが、それだけでは家賃を払って食べていくのもやっとだし、賃仕事もいつもあるわけではない。

病気でもしたら、二人とも飢え死にするしかない。

すこしは蓄えをしておきたかった。

そんなとき、頼まれた縫い物を横川町《よこかわちょう》に住んでいる小唄の師匠に届けにいった帰り、橋を渡ったすぐの木置場《きおきば》のあたりで雷雨に襲われた。

いそいで木置場の物置小屋の中に駆け込んで雨宿りしようとしたが、そこには先客がいた。

おなじ長屋に住んでいる一人暮らしの朋代《ともよ》という四十女だった。

いつもは隣近所の女房たちともめったにおしゃべりすることもなく、朋代は夕方になると銭湯にいって、化粧をして出かけていっては夜遅く帰ってくる。

なんでも、亡くなった朋代の夫は牢人者で、五年前に病死したということだった。

「本所のほうには素人《しろうと》女を名指しで呼んで枕づとめをさせるところがあるらしいから、その口かも知れないよ」

「まぁ、どっちにしろ、一人もんの女が稼ぐには股倉《またぐら》を使うのが一番手っ取り早いからね」

そんな陰口をよそに、ひっそりと暮らしていた朋代が、手ぬぐいで頬っかぶりし、小脇に莫蓙《ござ》を抱えているのを見て、おみつは思わず息がつまった。

それは、まぎれもなく夜鷹の身なりだった。

「朋代さん……」

声をかけると、朋代は手ぬぐいをとって、ほほえんだ。

「ごめんなさいね。こんな格好で……いつかは、わかることだと覚悟はしていたけれど」

そう言うと、朋代はおみつのそばに近づいてきた。

「できたら黙っていてもらえるとうれしいけれど、いいのよ、しゃべっても……べつに人さまに迷惑かけてるわけじゃないんだし」

「いいえ、だれにも言いません。でも、朋代さんのようなお人がどうして……」

「わたしは、ほかになんにもできない女なの」

朋代は寂しそうにつぶやいた。

降りしきる雨の幕に目をやりながら、朋代は遠いむかしをふりかえるかのように語りはじめた。

長屋のなかで、おみつだけが顔をあわせるたびに親しげに声をかけてきたことを感じていたのかも知れない。

朋代の夫は北国の、さる小藩で普請奉行をしていたが、ご家老に盾《たて》ついて牢人する羽目になってしまったらしい。

はじめはすこしは蓄えもあったが、すぐ底をついてしまい、おまけに夫が胸を患ってしまったのだという。

薬代もかかるし、蓄えもなくなるし、奉公に出たくても主人の看病をしなくてはならない。

途方に暮れて、本所松倉町《まつくらちょう》の因幡屋《いなばや》という大家から当座しのぎの金を借りたもののの、利子がつもるだけだった。

そんなとき、因幡屋からもちかけられたのが、夜鷹稼業だった。

因幡屋は大家でもあるが、金貸しが本業で、そのほかにも売春宿をもっているし、夜鷹の元締めもしていて、はじめての女には黙って立っているだけで客をつけてくれる手下を何人も抱えているのだと、朋代は言った。

ただ、稼ぎの四分の一は口銭《こうせん》として因幡屋がとるのだという。

「それがいやなら妾《めかけ》奉公でもするしか借金を返す道はありませんな。あんたの器量なら月に一両二分にはなる。そのかわり旦那《だんな》の看病はできなくなるがね」

にべもなく突きはなされた。

「どっちみち身を売るしかないんなら、昼間だけでも主人のそばにいてあげられるほうをえらぶことにしたのよ」

朋代は寂しそうに自嘲《じちょう》した。

「でも、そうしているうちに主人は半年とたたないうちに亡くなってしまったの。バカみたいね」

——そんなことはない。

と、そのとき、おみつは思った。

わたしも、昼間、幸吉をおいてはたらきには出られない。

「あなたも赤ちゃんを抱えて大変ね。わたしのような稼業をしている人のなかにも赤ちゃんを抱えて稼いでる人がいるからわかるの」

「ま……」

おみつは目を瞠《みは》った。

まさか赤ちゃんをおぶって商売しているとは思えないから、母親か亭主に預けておいて稼ぎに出ているのだろうと思ったが、そうではなかった。

「そういう人は赤ちゃんが寝ているあいだ、面倒を見てくれる人に預けて稼いでるんですよ」

「そんな人がいるんですか」

「ええ。探せばいくらでもいるわよ。赤ちゃんが産まれて間もなく亡くして、お乳が張って困っている人や、赤ちゃんを抱えて仕事に出られなくなって家で内職している人に、すこしお金をあげれば喜んで預かってくれますよ」

そのとき、おみつは決心したのだった。

――幸吉のためなら……、

身を売ることぐらいなんでもなかった。

自分はどうなってもいい。幸吉を無事に育てるためなら、夜鷹でもなんでもする。

どうせ、あたしは一度、男にもてあそばれて、捨てられた女だもの。

だれかの妾になって、幸吉が寝ている前で男に抱かれるより、夜鷹のほうがまだましだ。

――幸吉が一人前になるまでの辛抱だ。

四

――あれから、もう三ヶ月がすぎた。

朋代に頼んで、幸吉を預かってくれる、おやすという女を見つけてもらい、島崎町《しまざきちょう》にある、おやすの長屋で着替えをして、夜鷹に出るようになったのである。

おやすは幸吉のほかにも一人、赤ん坊を預かっていた。

おやすは乳が出なくなっても、重湯《おもゆ》をつくって飲ませてくれる。

おやすも身重になってから、男に逃げられた女だった。

おやすは煮豆の担《にな》い売りをしているから、夜は長屋に帰る。

おやすはお世辞にも器量よしとはいえないが、気持ちのやさしい女で、赤子の面倒を見ることで一人暮らしの寂しさがまぎれるのだという。

おみつが夜鷹をして幸吉を育てるのだと聞いて、うらやましいと言ってくれた。

――だって、あたしは一人ぼっちだもの。

もう、男はこりごりだとも言った。

おやすは天秤棒《てんびんぼう》をかついで担い売りに出るだけあって、手足も太く頑丈な体をしているが、顔は日焼けしているし、目はどんぐり眼《まなこ》で、鼻はあぐらをかいている。

――あいつ、きっと突っこむ穴が欲しかっただけなんだろうね。

赤子を孕《はら》ませておいて逃げ出した男のことを、おやすはそんなに恨んではいないようだったが、おみつには、そんなおやすの気持ちがなんとなくわかるような気がした。

おみつも、おなじような目にあっていたからである。

だから、太吉が所帯をもとうと言ってくれたときも、二の足を踏まずにはいられなかったのだ。

太吉が情の薄い男だとは思っていなかったが、おみつが一人ならともかく、そのうち自分の子でもない幸吉の存在がうとましくなってくるかも知れない。

いや、きっとそうだ。

太吉が好いていてくれることはわかっていた。

だが、男というのは子供が欲しくて女をもとめているわけではないことだけはわかっていた。ただ、あのことをしたいというだけで、惚れているだの、所帯をもとうだのと女の気を引くような甘いことを言うだけのことだ。

これまで、おみつは男に抱かれていても、楽しいとも思わなかったし、幸せだと感じたこともなかった。

五

おみつが初めて男に抱かれたのは、旗本屋敷の暗い土蔵の床の上でだった。

廊下の拭き掃除をしていたとき、五十すぎの主人に蔵のなかに呼びこまれ、いきなり扉をしめられ、後ろから抱きすくめられた。

悲鳴をあげかけたが片手で口をふさがれ、しゃにむに冷たい床の上に押し倒された。

そのとき、おみつは十六、ようやく乳房がふくらみはじめ、股間に若草が萌《も》えはじめてきたばかりだった。

房州の田舎では河原のくさむらや、林の木陰で男と女が野合するのは日常茶飯事だったから、男と女が裾《すそ》をからげ、腿も尻もむきだしにしてからみあっている光景はよく見た。

――おとなになると、だれでもあんなことをするのか。

そう思うと、おみつはおとなになるのが嫌で、怖かった。

――あんで、あげんなことしなくっちゃならねんだっぺ……。

そう思っていたが、近所のおなじ年の女友だちは、あっけらかんとしたもので、

――あれ、やっと女子《おなご》もすごく気持ちいいんだっぺよ。

そう言って、くすくす笑ったが、おみつはおぞましいという気持ちのほうが強かった。

――あげんなことしなくちゃなんねえのなら、おら、おとなになんぞなりたくはねぇ。

そう、思っていた。

おみつは村でも器量よしと言われていたから、庄屋から大身《たいしん》の旗本屋敷に女中奉公をすすめられ、口べらしと行儀見習いのためだと親からも言われて、江戸に出てきた。

主人は「お殿さま」とよばれていたが、婿《むこ》養子で、おまけに気が弱くて屋敷の実権のいっさいは「奥さま」がにぎっていた。

女中仲間のあいだでは「お殿さまっていったって種付け馬のようなものよ」と陰口をたたかれていた。

ただ奉公人にはやさしく、奥さまに叱《しか》られているのを見ると、あとで部屋に呼んで菓子をくれたりして慰めてくれた。

まだ五十をすぎたばかりなのに鬢《びん》の毛が薄く、体も貧弱な人だった。

おみつはそんな主人に同情していたし、好意もいだいていた。

——ところが、

一年後の夏、そんな優しい主人に蔵のなかに呼びこまれ、扉をしめられて抱きすくめられたのである。

冷んやりした蔵の床に押し倒され、おみつは動転してしまい、懸命に抗《あらが》ってみたものの、男の力には敵《かな》わなかった。

着物の裾を割られ、太腿《ふともも》を押しひろげられてしまうと、あとはもう目をとじて、観念するしかなかった。

やがて、ふいごのような荒々しい息遣いとともに股が裂けるような激痛が襲った。

「許せ……な、奥には黙っておるのだぞ。な、な……」

そんな哀願とも、懇願ともつかぬことを口走りながら、せわしなく律動をくりかえす主人が、なにやら哀れにも思えた。

それに女中たちの言動に目を光らせ、アラさがしばかりしている奥さまへの反感もあったから、言いつける気持ちはなかった。

翌日、主人は廊下ですれちがったとき、おみつにさり気なく紙包みを手渡した。紙包みのなかには一分銀がふたつはいっていた。おみつの給金は年に一両二分である。銀二分といえば、四ヶ月分の給金にあたる。

おみつには目をむくほどの大金だったが、それがうれしいというより、奥さまを見返してやったという気持ちと、主人とのあいだに秘密を共有したというひそかな喜びのほうがおおきかった。

それからも、何度か主人に呼ばれ、おなじことをもとめられた。

それは、きまって奥さまが外出しているときだった。

それも、居間や寝室ではなく、蔵のなかとか、物置のなかとか、ときには庭の奥の茂みに連れだし、せかせかと用をすませるだけだった。

はじめのときの股が裂けるような痛みは薄らいできたが、楽しくもなかったし、ましてや気持ちいいなどという感覚はなかった。

ただ、早くおわってほしいということと、同輩に見つからないようにとそればかりを気にしていた。

六

――どうして、男はあんなことをしたがるのだろう。

おみつはこれまで、長屋の女房たちが、寄るとさわると、卑猥《ひわい》なことをしゃべってはおもしろがっている気持ちがわからなかった。

夜鷹をしていても、男が獣のように鼻息を荒らげ、せわしなく体を動かしたあとで、そそくさと離れていくのを見ていると、あんなことのどこに男が夢中になるのか不思議だった。

太吉が熱っぽいまなざしで所帯をもとうと迫るのも、ただ、おみつを抱きたいだけのことだという気がしていた。

ただ、太吉のやさしさだけは身にしみていた。

所帯をもとうという気にはなれなかったが、太吉の思いにお返しをしようと思った。

おみつにできることは、太吉に抱かれてやることしかなかった。

太吉は出会ってから一度もおみつを抱こうとはしなかった。

——そんなことは所帯をもってからでいい。

——お金なんかいいのよ。

何度もそうくりかえし、言ってみたが、

「そんなことじゃない。おれはちゃんとキマリをつけてからじゃないと、おみつちゃんをどうこうしたいとは思わねぇ」

太吉はムキになって怒った。

だけど本音では、おみつを抱きたくてうずうずしていることは太吉のギラギラした、熱っぽい目を見ただけでわかっていた。

だから、あの夜、太吉の長屋に連れていってほしいといったら、おどろいたよ

うに目を見ひらいて、

「やっと、その気になってくれたのかい」

扇橋《おうぎばし》の上で、おみつをひしと抱きしめてきた。


——あの夜。おみつは生まれてはじめて、自分からすすんで男に抱かれたのだ。

それまで、おみつはいつも着物を着た格好でしか男に抱かれたことはなかった。

しかし、その夜は太吉の長屋についていって、太吉のもとめるままに、着物を脱ぎ、肌着も、腰巻きもはずし、生まれたときのままの姿で太吉に抱かれた。

口を吸われ、乳を太吉の手にゆだねているうち、いつの間にか太吉がおみつの股間に顔をうずめてきた。

おみつは動転し、懸命に身をよじって逃れようとしたが、太吉はおそろしい力でおみつの腰を抱きすくめてきた。

両手を太腿にかけると、しゃにむに足を左右に押しひらき、おみつの股間に顔を埋め、舌で丹念に女の壺《つぼ》を愛撫しつづけた。

はじめは恥ずかしさで身がすくむ思いだったが、そのうち、思いもかけぬことに全身がなんともいえぬ心地よさで溶けていくような感覚が湧《わ》きあがってきた。

やがて太吉が身を起こし、おみつの胎内におずおずと侵入してきた。

おみつはひしと太吉にしがみつき、思うさま股間をひらいて太吉の腰に両足をからませた。

不思議に恥ずかしいとは思わなかった。

——だって、太吉さんは……、
あたしの、あんなところに顔を埋めて、まるでおっぱいでもしゃぶるように吸ったり、それに口では言えないようなことまで……。

——ほんとに、あたしのことを好きじゃなかったら、あんなことできやしない。

そう思うと、おみつはわれを忘れて太吉にすがりついていった。

太吉の律動がせわしくなってきたとき、おみつはいままで感じたことのない感覚に全身が震えだし、あられもない声をあげてしまった。

太吉は何度となく、くりかえし、おみつをもとめた。

火の気ひとつない寒ざむしい部屋なのに、二人ともとめどなく噴き出してくる汗でびっしょりになっていた。

——女になるというのは、こういうことだったのか……。

おみつはたとえようもなく満ち足りた思いで、いつまでも太吉の腕のなかにいた。

——もう離れたくない。

そう、思った。たとえ、もし、太吉がおみつに飽きて離れていこうとしても、そのときはそのときだと思った。

この人が所帯をもちたいというのなら、そうしようと思った。

——その矢先。

太吉は殺されてしまったという。

太吉が残していった三両は、まさしく太吉が命とつりかえに手にいれて残してくれた金なのだ。

この、三両を元手に何か食べていける商いをしよう。おやすさんに相談すれば、おみつにもできる商いが何かきっとあるにちがいない。

それまで食いつなぐためには、いまの商売をつづけるしかない。

それでも、三両というお金があるだけで安心していられる。

幸吉が病気になったり、怪我をしたりしたときのためにも、すこしは蓄えも残しておくようにしよう。

そうしなくっちゃ、あの世で太吉さんにめぐりあったとき顔をあわせられない。

おみつは小判を布でしっかり包むと、もう一度、米櫃がわりの甕の底に埋めこんだ。狭い長屋のなかでは、そのほかに隠し場所はなかった。

第四章　左内坂《さないざか》の怪物

一

市ヶ谷《いちがや》御門の広場の前に市ヶ谷八幡宮《はちまんぐう》と洞雲寺《とううんじ》に向かう参道がある。

この一画には茶ノ木《ちゃのき》稲荷社《いなりしゃ》、東圓寺《とうえんじ》、長泰寺《ちょうたいじ》、長龍寺《ちょうりゅうじ》、宗泰院《そうたいいん》などの寺社が甍《いらか》を連ねている。

その西側には徳川御三家筆頭でもある、尾張大納言《おわりだいなごん》家の広壮な上屋敷がひろがっている。

広場の前の八幡町と市ヶ谷田町《たまち》とのあいだの角を曲がると、北西に向かう急坂にぶつかる。

その坂は左内坂とよばれている。

この左内坂の命名の由来は、このあたり五ヶ町一帯の名主をつとめている島田《しまだ》左内の名前からきたものだという。

坂をのぼりつめた左側に黒板塀にかこまれた閑静な屋敷がある。この屋敷の主人は「算用指南」とやらをする賢者らしいと、ところの人は噂《うわさ》しているが、算用指南とはどういうことなのか、だれも知らなかった。

笠門の門柱に［湛庵寓居《たんあんぐうきょ》］と見事な筆跡の門札がかけられている。

おそらく湛庵というのが、この屋敷の主人の隠号なのであろう。

指南というからには、なにか難しい学問でも教えている学者なのだろうが、弟子らしい人の出入りはない。

ただ、ときおり立派な塗り駕籠《かご》が乗りつけられ、羽織袴《はおりはかま》の武士が訪れたり、使用人を供にしたがえた見るからに裕福そうな商人がやってくることもあるそうな。

たまに牢人らしい侍がやってくることもあるが、いずれも身なりはちゃんとしていて、尾羽《おは》打ち枯らした素牢人とは見えなかった。

屋敷には夏冬を問わず藍染《あいぞ》めの単衣《ひとえ》物に軽衫《カルサン》袴、脇差しを帯した屈強な侍が十数人、ほかに島田髷《しまだまげ》の女が何人か起居しているが、だれもが近隣の者とはほとんど口をきいたことがない。

たまに駕籠で外出する女は、どれも目を瞠《みは》るような美女ばかりだった。

一人だけ切り下げ髪の五十年輩の女がいて、訪れる客や、出入りの呉服屋、八百屋、魚屋との応対や支払いを仕切っている。

湛庵は月に何度か駕籠を呼んで外出する。着流しに袖《そで》なし羽織という気楽な身なりだが、いつも気《き》儘《まま》頭《ず》巾《きん》をかぶっているから、だれも素顔を見たものはいない。

——ありゃ、よっぽどえらい先生か、相当に身分の高い家柄の御隠居だろうよ。

近くの町人たちは、そう噂しあっていた。

——その日、
編み笠をかぶった牢人者が二人、左内坂を登って「湛庵寓居」の門をくぐった。

二人とも熨《の》斗《し》目《め》のついた羽織袴をつけ、黒足《た》袋《び》に雪《せっ》駄《た》履きという折り目ただしい身なりをしている。

一人は小鼻の脇におおきな黒子《ほくろ》があるずんぐりした男で、もう一人は上背のある顎《あご》のしゃくれた馬面《うまづら》の男だったが、編み笠をかぶっているため人相は近隣の人にはしかとは見えなかった。

もし、その編み笠の下に隠されている人相を、北町奉行所の同心・斧田晋吾か、その配下の本所の常吉が垣間見ることができたら、まちがいなく殺気だったにちがいない。

その風貌はまさしく、夜鷹《よたか》のおみつが見たという太吉殺しの下手人《げしゅにん》の人相とそっくりだった。

二

欅《けやき》作りの箱火鉢のなかに赤々と炭火が熾《おこ》っていた。

床の間には一輪の梅の小枝を投げ入れた白磁の花瓶《かびん》がおいてある。

庭に南面した二十畳はあろうかという広い室内の障子には冬の陽射しが柔らにさしかけていた。

昨日までの空《から》っ風が嘘《うそ》のような穏やかな日和《ひより》だった。

部屋の北側におかれた屛風《びょうぶ》の前に目にも鮮やかな紅絹《もみ》の布が敷かれていて、一糸《いっし》まとわぬ美女が片肘《ひじ》をついたままで横臥《おうが》していた。

長い洗い髪が白い女体のところどころに巻きついている。

横臥しているにもかかわらず乳房には微塵《みじん》のゆるみもない。

艶《つや》やかな白い腹に刻まれたちいさな臍《へそ》のくぼみ、くびれた腰から臀《しり》にかけての見事な起伏、そして双の太腿《ふともも》のあいだの濃密な茂み、その茂みに包まれた秘所のふくらみ、どこを見ても、男なら固唾《かたず》を呑《の》まずにはいられないだろう。

その女体を前にして一人の惣髪《そうがみ》の男が絵筆を走らせていた。

素描は女の体をあますところなく写しだしていて、いま、彩色にかかっているところだった。

絵筆は女体の乳暈《にゅううん》をとらえようとしていたが、小豆粒《あずき》のような乳首のまわりに裾野《すその》のようにひろがる乳暈は、淡い紅色でもなく、代赭色《たいしゃいろ》というほど濃くはなく、すこし薄茶がかっているようにも見える。

男は絵皿の上で、さまざまな色をまじえては発色に腐心していた。

そのとき、襖《ふすま》の向こうから控えめな女の声がした。

「湛庵さま。刈部どのと、宍戸どのが見えましたが……」

「よいわ。供待ちの部屋にでも通し、酒でも出して待たせておけ」

湛庵はにべもなく吐き捨てた。

「かしこまりました」

「待て、郁乃《いくの》。そちに聞きたいことがある。はいれ」

「はい」

襖を静かにあけて、三十路《みそじ》過ぎの品のいい切り下げ髪の女が部屋にはいってきた。

屏風の前の女には目もくれず、湛庵のほうに目を向けた。

「いま、このあたりの色づけに迷っておる。どんな色をあわせればよいものかの」

湛庵は筆先で乳暈をさししめした。

「さようでございますね……」

郁乃は裸形の女に目を向けて、しばらく思案していたが、

「吉祥《きっしょう》に、いま、すこし黄土《おうど》と胡粉《ごふん》をあわせればよいのではありませぬか。わたくしどもの年になりますと、もそっと濃い、岱赭色に近くなりますが、沙織《さおり》さまはいまが盛りの女子《おなご》ですから、すこしは色気もございませぬと殿方には物足りのう見えましょう。かといって薄紅色では品下《ひんさ》がってみえますし」

「ううむ。黄土に、胡粉か……さすがは郁乃じゃ」

「恐れいります」

「なにせ、沙織はいずれは尾張大納言さまに献上するつもりの女子だが、その前に沙織の絵姿を残しておこうと思ってな」

「沙織さまを手放されるのが惜《お》しいのでございましょう」

「ふふ、これほどの女子はまたとはおらぬゆえな」

「ならば手活けの花になさっておけばよろしいのに……」

「なに、女子も、花も盛りはみじかい。いまが盛りのうちに大奥にあがれば沙織も生きる。わしも望みがかなうというものよ」

「沙織さまならば大奥にあがっても、めったにひけはとりますまい。月光院さまのお若いときといえども、顔色をうしなわれましょう」

「うむ。そうでのうてはおもしろうないが、まずは尾張さまを、八代さまにすることが肝要じゃ」

湛庵は絵筆をおいて、

「沙織。いま、すこし休んで、ゆるりと湯を使うてくるがよい。そちの湯上がりの肌を見てみるのも一興じゃ」

沙織はかすかにほほえんで、体に敷いていた紅絹の布を身にまといつけると部屋をあとにした。

湛庵は描きかけの沙織の裸像画に目を落とし、

「ふふ、ふ。月光院さまがなにほどのものじゃ。たかが町家の小商人《こあきんど》の娘ではないか。六代さまもとんだ女狐《めぎつね》にたぶらかされたものよ」

不敵な笑みをうかべた。

三

刈部庄助《しょうすけ》と宍戸半九郎《はんくろう》は八畳の供待ち部屋で、酒肴《しゅこう》の膳を前に所在なげに酒を酌《く》みかわしていた。

二人の前には無人の円座《わろうだ》と、脇息《きょうそく》、それに箱火鉢がおかれている。

円座のうしろの壁には一幅《いっぷく》の画幅が架けられていた。

湯上がりらしい女が浴衣《ゆかた》姿で横座りのまま立て膝《ひざ》になり、洗い髪を櫛《くし》で梳《す》いている。

浴衣の前あわせがゆるみ、艶やかな乳房のふくらみがのぞいていた。

立て膝でくずれた浴衣の下から真っ白な内腿が見えている。

だれが描いたか、見事な筆づかいであった。

宍戸半九郎は蒟蒻《こんにゃく》の煮付けを口にほうりこみながら、絵の女をしげしげと見つめていた。

「なあ、刈部さん。こんな、いい女を一度でもよいから抱いてみたいのう」

「よういうわ。諸岡《もろおか》さまの前でそんなことを口にしてみろ。あんたの首が飛ぶぞ」

刈部庄助は盃《さかずき》を口に運びつつ、冷笑した。

「なぜだ。たかが、どこぞの絵師が描いただけの女子ではないか。どうせ、水茶屋女か何かだろうて……」

「その絵の落款《らっかん》をよく見てみろ。湛庵とあるだろうが」

「うむ。……それじゃ、この絵は諸岡さまが」

「そうよ。あの諸岡さまは剣もたつが、絵筆をもたせても絵師はだし、おまけに算用にもたけておられる。その絵の女子もおおかた諸岡さまの持ち物にきまっておる」

「ふうむ。あの頭領《おかしら》が絵に堪能とはのう」

「あんたはなんにも知らんようだが、諸岡さまの絵の師匠は郁乃どのだそうな」

「なにぃ、あの、婆《ばあ》さんが」

「口をつつしめ。郁乃どのは諸岡さまの片腕のようなお人だぞ。婆さんなどと言ったら最後、まずは一服盛られて、この世におさらばだな」

「うっ……」

宍戸半九郎、馬面をひん曲げて、口に運びかけていた蒟蒻を鉢のなかにもどしてしまった。

「まさか、この蒟蒻は婆さんが煮染《にし》めたんじゃなかろうな」

「ふふふ、そのうち体がしびれてくるかも知れんぞ」

刈部は揶揄《やゆ》し、無造作に鉢の蒟蒻をつまんで口にほうりこんだ。

「うむ。よい味つけじゃ」

「それにしても剣の遣《つか》い手で、絵も玄人《くろうと》はだし、おまけに算用の達人とは恐れいったな」

宍戸が酒を飲みながら、唸《うな》った。

「まるで怪物のようなお人だの」

「そうよ。なにせ、尾張さまを将軍家に押したてる片棒をかつごうというくらいのお人だからな。並大抵の御仁《ごじん》ではないわ」

「ううむ……」

宍戸は惚《ほう》けたような目で美人画を見やり、

「それにしてもいい女子よ。あんな女子を思いのままにできるなら、おれは命をちぢめても惜しくはないな」

よだれが垂れそうな顔になった。

廊下を踏む足音がして、二人はいそいで居住まいをあらためた。

サラリと襖があいて諸岡湛庵が、

「待たせたの」

さっと裾をさばいて円座に座ると、懐から二十五両の切り餅《もち》をひとつ、つかみ出し、

「当座の費《つい》えじゃ。二人でわけるがよい」

「は、これはかたじけない」

刈部庄助がつかみとり、さっさと懐にねじこんだ。

宍戸半九郎が横目でそれを見ていると、

「半九郎はだいぶんに、あの絵の女が気にいったようだの」

湛庵が目尻に笑みをうかべて、画幅をしゃくってみせた。

「は、い、いや……なんとも見事な絵筆と感服しておりました」

「絵ではのうて、見ていたのは女のほうであろう」

「は、いや、ま……」

「ふふふ、あれは朱実《あけみ》というてな。いずれは大和守《やまとのかみ》どのに献上するつもりだが、

なにせ、町家育ちの女子ゆえ、いま郁乃に行儀作法をしつけさせておるところじゃ」

「大和守さまと申しますと、あのご老中の……」

「うむ。久世《くぜ》どのはもうよい年じゃが、盆栽と女子には目のない御仁での。なに、献上しても肝腎のものも意のままになるまいが、添い寝して若い女子の肌身を嬲《なぶ》るだけで若返りになると申されておる」

「ははぁ……それは、また」

半九郎、うらやましそうに、ごくりと生唾《なまつば》を飲みこんだ。

「とはいえ、老人の嬲りものにするだけでは朱実も哀れじゃ。大和守どのに献上する前に半九郎に一夜《ひとよ》の伽《とぎ》をさせてやってもよいぞ」

「え……」

宍戸半九郎、思わず固唾を呑んだ。

「まことにございますか」

「ふふふ、あれは存外の好き者での。よい音色で囀《さえず》る」

「は？」

「なに、ただ器量よしだけでは献上しても大和守さまも味気がなかろうから、わしが手塩にかけて仕込んでおいただけのことよ」

「は、はぁ……」

「なんじゃ、初物でのうては気にいらぬのか」

「いえ、とんでもない」

「ふふ、ならば、それを楽しみに今後も励め」

「ははっ」

「半九郎の剣はなかなかのものだが、女子に目がないところが困りものだ。すこしは色をつつしむことだの」

「恐れいります」

「庄助……」

ついで湛庵は刈部庄助に目を転じた。

「は……」

「暗闇坂で火牛を使《つこ》うたのはなかなかの才覚だが、後始末は、そちらしからぬ手ぬかりだったな」

「と、申されますと……」

「わからぬか」

湛庵は箱火鉢の引き出しから銀煙管《ギセル》をとりだし、莨入《たばこい》れからつまみとった莨を煙管の火皿につめると、箱火鉢の炭火で莨をゆったりと吸いつけてから、二人に鋭いまなざしを向けた。

「手ぬかりと申されますと……」

刈部庄助が戸惑いがちに首をかしげた。

「火牛を運んだ大工は、宍戸が手ぎわよく始末いたしましたし、また賭場《とば》帰りらしい中間《ちゅうげん》三人も、それがしと宍戸で片付けましたゆえ、手ぬかりはなかったと存じますが」

「果たしてそうかな」

諸岡湛庵はふわりと紫煙をくゆらせた。

「ならば、なにゆえ八丁堀のイヌが動く」

湛庵は冷ややかな目を刈部庄助にそそいだ。

「八丁堀……」

刈部は思わず宍戸と顔を見合わせた。

四

湛庵は紫煙をくゆらせながら冬日がさす障子窓に目を向けた。

「北町奉行所に斧田とかもうす同心がおるそうだが、そやつが使っておる岡っ引きどもが、昨日から仙台堀のあたりをしきりに嗅《か》ぎまわっているというぞ」

湛庵はジロリと鋭い目を庄助に向けた。

「仙台堀といえば太吉とかもうす大工の住まいに近いのではないか」

「さよう。おなじ深川ですからな」

「庄助はたしか、太吉ともうす大工に身よりはないともうしたな」

「いかにも。あやつは房州から出てきたポッと出の男で、女房もおりませぬし、さして親しくしている仲間もいないはずですが」

「女房はいなくても、女がいないとはかぎるまい」

湛庵は煙管の火皿を火鉢にたたきつけ、吸い殻《がら》を火鉢に落とした。

「中間どもはともかく、太吉という男は下谷の一件に深くかかわった男だ。夫婦《めおと》約束までしてはおらぬとしても、五両もの大金を前金に渡しているとすれば、つい寝物語に口をすべらしておるやも知れぬ」

「まさか……」

「男というのは女には甘く、女は金には目の色を変えるものよ。小判の一枚でも女に見せたら、まちがいなく出所《でどころ》を聞き出しにかかる。真逆《まさか》にも逆《さか》はあるものじゃ」

「そういえば、あのとき……」

宍戸半九郎がつぶやいた。

「ああ、あの女か……」

刈部が舌打ちした。

刈部たちが南六間堀の長屋を訪ねたとき、太吉は部屋に夜鷹《よたか》らしき女を引っ張りこんでいた。

太吉はうまく隠し通したつもりだったようだが、二人はちゃんと気づいていたのだ。

「しかし、相手は夜鷹だぞ。いくらなんでも夜鷹風情《ふぜい》とどうの、こうのということはあるまいて」

刈部はことともなげに一蹴《いっしゅう》したが、湛庵は聞きとがめた。

「宍戸。なにか気になる女でもいるのか」

「は、いや、刈部どのの言うとおり、まさかとは思いますが、ただ、あとで調べてみたところでは、夜鷹にしてはちょいと踏める器量の女で、太吉も気にいっていたようです」

「ふうむ。夜鷹か……」

「ま、半人前の大工の日当では櫓下《やぐらした》あたりの色街も敷居が高く、蕎麦《そば》代に毛がはえたような安直な銭で女を抱けるのは夜鷹ぐらいしかおりませぬから、あやつには手頃だったのではありますまいか」

湛庵の双眸《りょうめ》が糸のように細くなった。

「ま、大工が相手にするには手頃な女だが、千里の堤《つつみ》も蟻《あり》の一穴《いっけつ》からというたとえもある」

「は……」

「千石取りの旗本が廓《くるわ》の女に血迷うて身を滅ぼした例もあるゆえ、大工が夜鷹に入れこむことなど別段めずらしくはあるまい。その夜鷹が出没するのはどのあたりかの」

「は、仙台堀から小名木川にかけてのようですが」

「その夜鷹の名前はわかっているのか」

「おみつ、と聞きました」

「ならばよし、その女の身辺をあたり、太吉とのかかわりがどのようなものだったかもっとくわしく聞き出してまいれ。ただの夜鷹と客だけのことならよし、太吉が情をうつすほどの仲なら捨ておくわけにはいかぬ」

「かしこまりました」

「大事の前の小事だ。ぬかるな。費えを惜しんではならぬぞ」

「ははっ」

「深川には金で動く牢人者がいくらでもおるであろう。始末するときはそやつらを使え。八丁堀が嗅ぎまわっているとなると油断はできぬ。おまえたちは手を出さぬほうがよい」

「万事、心得ております」

刈部がおおきくうなずいた。

「深川にそれがしが日頃から手なずけておいた牢人が何人かおりますゆえ、そやつらを使いましょう。なに、金さえくれてやればなんでもやってのける連中ですからな」

「うむ、ならば早急に手を打つことだ」

湛庵は箱火鉢の小引き出しから小判を何枚かつかみだし、二人の膝前にほうり投げた。

「おまえたちにはたらいてもらうのはこれからだぞ。夜鷹ごときの始末には使い捨ての牢人者でよかろう」

「おまかせください」

「美濃屋《みのや》のはなしによれば上様もそう長くはないらしい。いますこしでわれらの望みも叶《かな》えられよう。つまらぬことで足をすくわれぬように事を運ぶことだ」

「ははっ」

「それに斧田とかもうす同心は仲間からもスッポンと仇名《あだな》されているほど探索にかけては腕利きらしい。甘くみてかかってはならぬぞ」

「かしこまりました」

「ほう、スッポンなら鍋にもってこいですな」

宍戸半九郎がニタリとした。

「馬肉も鍋によう合う。半九郎も、せいぜい女子に食われぬようにすることだの」

「は、いや、これはどうも……」

半九郎は鼻白んだように馬面をすくめた。

「ですが、諸岡さま。連夜の火事で美濃屋の懐はがっぽりとふくらんだでしょうな」

刈部庄助が小鼻をふくらませた。

「なんでも木場の材木がからっぽになるほど買い注文が殺到して、売り値が鰻《うなぎ》のぼりだそうですぞ」

「なに、美濃屋の財はいずれ、わしが尾張さまのために使うてやることになる。お城には金食い虫が首を長くしておるからの」

「昨夜の牛めは、まさしく黄金の牛ということになりますな」

「太吉も天下のために死んだと思えばうかばれよう」

諸岡湛庵は冷笑をうかべてサッと座を立つと、

「いま、一息じゃ。気をゆるめるでないぞ」

射すくめるような一瞥《いちべつ》を二人に投げかけた。

五

――四半刻後。

刈部庄助と宍戸半九郎の二人は牛込《うしごめ》御門前の神楽坂《かぐらざか》をのぼった先の肴町《さかなちょう》の小料理屋の二階にある小座敷にいた。

このあたりは行願寺《ぎょうがんじ》の門前町で、酌《しゃく》とりの女は娼婦もおなじで昼間も二階にあがって抱くことができる。

ここの小梅《こうめ》という女が半九郎の馴染《なじ》みで、ちょくちょく通っている。

いまは小梅が湯屋にいっているというので、帰るまで刈部庄助と一杯やりながら待つことにしたのだ。

「夜鷹狩りまでやらされるとはのう」

半九郎がうんざり顔でぼやいた。

「やむをえまい。貴公がつまらんことを思い出したからよ」

刈部は渋い目になって宍戸をなじった。

「しかし、あの夜鷹の住まいまでつきとめるのは骨だぞ」

「なに、そのことならわしにまかせておけ」

　刈部が自信ありげにうなずいた。

「深川の蛤町《はまぐりちょう》に剣道場をもっている富田《とみた》源助《げんすけ》という男がいる。腕はたいしたことはないが、深川界隈《かいわい》では顔がきくし、金になりさえすればなんでもやるやつだ。夜鷹の一匹ぐらい捜しだして始末するにはもってこいのやつよ」

「そいつを動かすには、いくらぐらいかかるのかね」

「ま、十両も出せば御《おん》の字《じ》だが、わしなら五両も出せば言うことをきくだろう。これまで何度か金をやって手なずけておいたからな」

「そりゃいい。どうも夜鷹の始末などというのは気がすすまん。あんたにまかせるよ」

　トントンと階段をあがってくる足音がして、洗い髪の女が襖をあけて顔を見せた。

「ごめんなさいね。すっかり待たせちゃって……」

　腰をくの字によじり、半九郎にぺたりとくっついた。

「こやつめ」

　半九郎、いきなり女の手首をつかんで引き寄せると、腰をすくってあぐらのなかに抱えこんだ。

「あ……」

もがいた女が足をバタつかせ、赤い腰巻きから白い足が撥《は》ねた。

「ちっ、見ちゃいられんの」

刈部が腰をあげ、刀架けから大刀を手にした。

「おい。おれは先にいってるぞ。サッサとすませてあとからこい」

「わかった。蛤町だな……」

半九郎は女をすくいあげ、片足で隣室の襖をあけた。

昼間だというのに枕行灯《まくらあんどん》に灯《ひ》がはいっていて、花柄の布団と箱枕が誘っている。

刈部は口をひん曲げて吐き捨てた。

「まったく盛りのついた馬だな。頭領が案じられるのも無理ないわ」

第五章　四ッ目橋《よつめばし》の斬撃《ざんげき》

一

——その、翌日。

神谷平蔵は四つ（午前十時）ごろに身支度をして『味楽』を出た。

竪大工町の長屋がどうなったかも気になるし、道場や伝八郎のことも気になっていたからだ。

それに、いくら食う寝るところの心配はなくなったとはいえ、大の男が何もせずにごろごろしているのは、十内やお甲の手前も気がひけるからということもある。

台所で大根の皮をむいていた波津が襷《たすき》がけのまま店の外まで送って出てきた。

「お昼はどうなさいます」

「なに、どこかで蕎麦《そば》かうどんでも食ってくるから心配はいらん。それに亭主は元気で留守がいいというではないか」

「いったい、だれがそのようなことを……」

「なに、おまえも、あと一年もたてばそうなる、そうなる」

「ま、いやな」

「ふふ、ふ」

ちょんと波津の頬をつついておいて、さっさと背を向けた。

十内に聞いたところによると、火は昨日のうちに鎮火したらしいが、火の手は八丁堀から霊岸島あたりまでおよんだという。

横山町《よこやまちょう》を通り、緑橋《みどりばし》を渡って大伝馬町《おおでんまちょう》にはいった。

伝馬町には囚人の獄舎があるが、解き放ちがなかったところをみると、それほどの大火でもなかったらしい。

大通りに面した大店《おおだな》は白壁塗りで瓦《かわら》屋根になっているせいか、ほとんどが火の粉からまぬがれていた。

しかし、トントン葺《ぶ》きの板屋根に普請も雑な裏店は被害をもろに受けたらしく、あたかも虫食いにやられた古文書のように惨憺《さんたん》たる焼け跡がひろがっている。

竪大工町の長屋はあっけらかんと丸焼けになっていた。

屋根がなくなった長屋跡には、焼け残りの柱が亡霊のように林立し、頭上には真冬の空が青々とひろがっている。

台所だったらしい土間には、黒く焼け焦《こ》げた鍋釜《なべかま》や割れた茶碗《ちゃわん》がころがったまで、天井や床がぬけ落ちた跡には、水をかぶってボロ屑《くず》のようになった着物や掻巻《かいまき》が、まるで幽霊の抜け殻《がら》のように侘《わ》びしく取り残されていた。

昨日までここには人びとの笑い声や、子供たちのはしゃぐ声や夫婦喧嘩《げんか》の声がにぎやかに渦巻いていたはずだった。

平蔵と波津がはじめて所帯をもった長屋は一夜にして跡形もなくなっていた。

――なんとも、あっけないものだな。

平蔵が憮然《ぶぜん》としてたたずんでいると、ふいにうしろから威勢のいい声をかけられた。

「おっ。旦那《だんな》、ご無事でしたかい」

「うむ……」

ふりかえってみると、昨日まで長屋の隣人だった大工の仙太が笑いかけていた。

ねじり鉢巻に腹掛け、股引《ももひき》に素草鞋《わらじ》、紺の印半纏《しるしばんてん》というといういなせな格好で、肩におおきな掛矢《かけや》をかついでいる。

「よう、仙太か」

「へへへ、まあ、きれいさっぱりと燃えちまったもんですねぇ」

仙太のうしろには仲間らしい数人の職人がついていた。

それぞれ掛矢や、鳶口《とびぐち》を手にした、いなせな連中だ。

「ほう、みんな勇ましい格好だな」

「へえ。ここにまた長屋を建ててくれと頼まれたんですがね。このまんまじゃどうにもなりやせんから、きれい、さっぱりとサラ地にしてからのことでさ」

そういうと仙太は仲間をふりかえり、

「いいな、井戸と下水の溝だけは埋めねえように気ぃつけて片付けてくんな」

「よしきた」

仙太のかけ声で職人たちはいっせいに焼け跡の始末にとりかかった。

「さぁ、昼前に片付けちまおうぜ」

たちまち職人たちは手分けして鳶口で焼け残りの屋根をひっぺがしたり、掛矢で黒焦げになった柱を倒しにかかった。

「あにぃ。竈《へっつい》はどうすんだい。まだ使えるもんもあるぜ」

「いいからみんなぶっこわしちまえ。焼け残りのボロ竈なんぞ残しといたら、竈職人の仕事がへっちまうじゃねぇか」

「へへっ、ちげぇねぇや」

掛矢を手にした男は笑いながら無造作に竈をぶちこわしにかかった。

「ははぁ、大工はこんな仕事もするのか」

「いえね、ほんとは鳶《とび》のもんに頼みてぇんですが、あいにく鳶も手いっぱいですからね。あっしらにお鉢がまわってきたんでさ」

仙太も掛矢を手に焼けぼっくいを倒しながらニヤリとした。

「こんなこと言っちゃなんですがね。ここんとこの火事つづきで大工や左官の日当も鰻《うなぎ》のぼりで、ま、赤馬大明神《あかうま》さまさまってとこでさ」

赤馬は火事の代名詞だが、付け火の隠語でもある。

「おい。めったなことを口にするな。うしろに手がまわりかねんぞ」

「けど、旦那。二日つづけての火事ですぜ。だれだって付け火としか思えませんやね」

「まあ、な……」

「それに、あっしらよりも、この火事つづきで一番ホクホクしてやがるのは材木問屋でさぁ」

仙太は声をひそめた。

「なんたって去年の暮れからたてつづけに三度の火事で、材木はいくらあっても足りやしませんからね。うちの親方も三寸角の柱が倍に値上がりしちまって手にいれるのにひぃひぃしてまさぁ」

「ふうん。それじゃ長屋の家賃もピンと値上がりしそうだな」

「なあに、家賃あげりゃ店子《たなこ》だってそっぽ向きやすから、そこいらあたりが、家主も頭のいてぇところじゃねぇですかい」

「ふふ、こっちは宿無し、家主はとんだ物いり、どっちもおあいこというところか」

「へへ、ま、そういうこってす」

「ところで小網町のほうはどんなようすか聞いておらぬか」

「ああ、あのあたりは無事だそうですぜ。なにせ、風向きが変わりやしたからね」

どうやら道場は難をまぬがれたらしい。

「なあに、ここも、三月《みつき》とたたねぇうちにまっさらな長屋棟が建ちまさぁね。そんときゃ旦那もご新造《しんぞ》さんといっしょにもどってきておくんなさいよ」

仙太の声を背中で聞き流し、十軒店《じっけんだな》の大通りに出た。

火の手は南西に向けて飛び火したらしく、十軒店の西側は焼け跡があちこちにあったが、通りをへだてた反対側の瀬戸物町《せとものちょう》や本舟町《ほんふなちょう》の商店はいつもどおりに大戸をあけて商いをしていた。

「さぁさぁ、今日は火事見舞いの大安売りですよ。お茶碗はよりどりみどりでどれでも十文、丼《どんぶり》は十二文」

「箱膳をお買い上げの方には夫婦箸《めおとばし》か杓文字《しゃもじ》をおつけいたしますよ」

抜け目のない商人《あきんど》は火事も商いのネタにして、声をはりあげ客を呼びこんでいる。

赤馬が走れば鍋釜に搔巻布団が飛ぶように売れるというから、おそらく金物屋や布団屋、古着屋などはほくほくものにちがいない。

江戸の焼け太りは、どうやら材木問屋ばかりではなさそうだった。

――禍《わざわい》を転じて福にするとはこのことだな。

平蔵は商人のしたたかさを思い知らされ、思わず苦笑した。

侍などと二本差して、えらそうにそっくりかえっていても、将軍家をはじめ、諸藩の大小名や旗本御家人たちも、肝腎の財布は商人にしっかり握られてしまっている。

いまや一事が万事、おしなべて金が物をいう世の中である。

いざ、焼け出されの身になってみると平蔵のような貧乏医者は、なすすべもなく途方に暮れるほかはない。

日本橋前を左に折れ、日本橋川に沿って小網町に向かった。

さいわい平蔵たちの道場は水壕と水壕の狭間《はざま》の三角地帯にあったため、難をまぬがれていた。

平蔵が顔を出すと、床を雑巾《ぞうきん》がけしていた数人の門弟がいっせいに駆け寄ってきた。

「神谷先生。ご無事でしたか」

「ご新造さまもごいっしょでしょうね」

「いやぁ、よかった、よかった。安心しましたよ」

平蔵、思わず胸が熱くなった。

いちおう師範代ということになってはいるものの、この一年半、門弟たちに稽《けい》古《こ》をつけたこともほとんどなかった。それを、このように心配してくれている。

「いや、心配かけてすまなんだ。なにしろ、二人で逃げるのが精一杯でな。なんとか味楽の茂庭十内の好意に甘えて、当分のあいだ居候《いそうろう》することになった」

「いいなぁ、味楽の居候とはうらやましいかぎりですよ」

「毎日ご馳走《ちそう》ずくめの極楽気分でしょう」

「冗談じゃない。いくらなんでも十内どのの好意に甘えっぱなしで、タダ飯食って寝ているわけにはいかん。波津は女中がわりに台所を手伝い、わしは下男になったつもりで薪《まき》割り、水汲《く》み、力仕事はなんでも引き受けるつもりだ」

「へぇえ、先生が薪割りに水汲みですか」

「まさかでしょう」

「なにが、まさかだ」

　何もすることがなく身をもてあましているのが実情だが、九十九郷の曲家に居候していたときは、薪割りも水汲みもしていたから、まんざらの嘘《うそ》ではない。

　門弟たちはいずれも直参の息子ばかりで、裕福とはいえないまでも親や兄に食わしてもらっている連中で、世間の風の冷たさを味わったことのない極楽とんぼの若者ばかりだ。

「きさまら他家の居候になったことなど一度もないだろうが。タダ飯食らいの身ほどつらいものはないんだぞ。みんながせっせとはたらいておるのにのんべんだらりと暇をもてあまし、脛《すね》をかかえているなんぞというのは、いわば針の莚《むしろ》に座らされているようなもんだ」

一瞬、門弟たちは顔を見あわせたが、

「しかし、先生は曲家の居候をしているあいだにちゃっかりと、お波津さまをモノになさったたんでしょう」

「なにぃ……」

一発、かましてやったつもりが、とんだ逆襲を食らった。

「おい、モノにしたとはなんだ。人聞きの悪い」

「じゃ、なんて言えばいいんです」

「ン……」

「おれも、あんな美人を妻にできるなら、薪割りや水汲みどころか、掃除や洗濯だって屁《へ》の河童《かっぱ》ですよ」

「そうですよ。そんな口があれば犬馬《けんば》の労もいといませんよ」

そこへ師範の井手甚内が姿を見せた。

「おお、神谷君じゃないか」

「や、井手さん……」

「みんな、ご苦労。掃除がすんだら闇汁《やみじる》で一杯やろう」

「お、闇汁ですか」

「いいなぁ、今日の具はなんです」

「バカ。具が何かわかったら闇汁にならんだろうが」

「あ、そうか」

ドッと笑い声がわいた。

二

「はっはっは、それはとんだ藪蛇《やぶへび》だったな」

道場の裏手にある母屋《おもや》にくつろいだ甚内は、茶をいれながら目に笑みをにじませた。

「犬馬の労もいといやせぬ、ときたか……なにやら芝居の世話物の科白《せりふ》みたいだの」

堅物の甚内にしてはくだけたことを口にした。

「まったく口のへらない連中ですよ」

「なに、あの者たちは矢部君とおなじ直参の次男、三男の厄介叔父ばかりで、食わせてもらってはいるものの、ろくに小遣《こづか》いももらえんから遊びにいくわけにもいかんしの」

「たしかに……」

武家の息子に生まれても、家督を継げる長男はいいが、次男から下はどこぞ跡取りの男子がいない家に養子にはいるしかない。

うまく、そういう口がかかればいいが、運悪く家に残ったままになると厄介叔父とよばれ、一生肩身狭く、生家に居候することになる。

平蔵も、伝八郎も、その厄介叔父の口だった。

「あの者たちは、嫁取りなどは夢のまた夢でな。どこぞから養子の口がかからんものかと鵜《う》の目、鷹《たか》の目になっておる連中ばかりだ。ひょっこり江戸から姿を消したと思ったら、波津どののような美人を娶《めと》ってきた貴公がうらやましくてならんのよ」

「しかし、いまは焼け出されたうえに、料理屋に居候の身ですよ」

「なに、家など探せば、すぐに見つかる。そんなことよりご妻女はどうしておられるな」

「ええ、味楽でまめまめしく手伝っておりますよ。あれは暇をもてあますより、せっせと体を動かしておるのが性にあっているようですな」

平蔵、こともなげに笑ってみせた。

「ふうむ。はたしてそうかの……」

甚内はこれまで見たこともないような厳しい目になった。

「神谷君。女子《おなご》というのはな。婚して三日で娘から嫁に変わり、三月たてばころりと尻に根が生えたように変貌し、半年過ぎれば亭主の品定めをはじめる。ついで三年たてば悔いるか、あきらめて亭主を尻に敷くことに専念するという生き物だという。このことは肝に銘じておくがいい」

「そりゃどういうことです」

「ま、いちがいには言えんがの。婚するまではしおらしく猫をかぶっておるが、三日たてば男のあしらいかたをつかみ、半年目には男の器量がいかほどのものかを見極め、三年目には果たしてこれでよかったかと迷いはじめる」

「井手さん……」

「いや、だれでもそうだとは言えまいが、総じてそう言っても過言ではない」

甚内、苦い目になった。

「げんに、わしが家内もそうじゃったし、わしの母や、姉上もそうであった」

「まさか……」

甚内と妻女の佐登は、ともに藩を捨て、駆け落ちまでした仲である。

佐登の出産まで手がけた平蔵は、二人の琴瑟相和《きんしつあいわ》しているさまをとくと見てきている。

「まさかには必ず裏があるものじゃ」

甚内はこともなげに言い放った。

「佐登にも聞いてみるがいい。あれも、かつては悍婦《かんぷ》だったからの」

「ははあ……」

平蔵、これには憮然、啞然《あぜん》となった。

「おぬしもそうじゃろうが、男というのは婚したところで一向に変わらん大人子供のようなものだが、女子というのは婚することで何もかもが一変する。これまで親の羽のもとで世の中のことなどほとんど知らずに生きてきたものが、いきなり世間という風雨にさらされるわけだからの。これは厳しいぞ」

「はあ、ま、たしかに………」

「ことに波津どのは曲家という、郷士とはいえ、名家の屋敷で生まれ育った娘御じゃろうが。それが、この江戸というなんとも猥雑《わいざつ》な街にいきなり連れてこられ、おまけに貴公はこういってはなんだが、暮らし向きにはとんと無関心なうえ、いつ何をやらかすかわからん男だ」

「………」

平蔵、これにはぐうの音《ね》もでない。

「きついことを言うようだが、並みの女子なら、そろそろ後悔しはじめても不思議はあるまいて」

「ううむ……」

「ま、波津どのの父御はそのあたりのことも、とくと勘案して、貴公にゆだねられたのだろうが、その付託《ふたく》に応えられるかどうかは、一《いっ》に貴公の器量にかかっておる」

「はあ……」

平蔵、これには粛然《しゆくぜん》とした。

考えてみれば、甚内の指摘はいちいち図星をついている。

あの平穏無事な九十九の山里から、いきなり有象無象《うぞうむぞう》がうごめいている江戸に連れてこられ、堅苦しい旗本屋敷の居候の身になって過ごしたかと思うと、猥雑きわまりない長屋に転居し、落ち着く暇もなく、今度は火事で焼け出される。

――風雨どころか……。

いわば行方も定めぬ荒海のど真ん中にほうり出されたようなものだ。

――これは、きついどころではない。

思わず腕を組んで、太い溜息をついた。

「神谷君。なにもそう深刻にならずともよい。これは、父君のおらぬ貴公に年長者として苦言を呈したまででの。夫婦も十組十色、それぞれじゃ。……心して波津どのをいたわってやれば波津どのにも通じよう」

「はぁ……」

「それはそうとして矢部君がどこにいるか、貴公は知らんかの」

「え……あいつ、ここにも顔を出さんのですか」

「うむ。去年の暮れからとんと顔を見せなくなってな。門弟に聞くと、兄者の長屋にも帰っておらんというので案じておるんだが」

「ははぁ、やはり……」

「というと、何か心あたりでもあるのか」

「いや、茂庭十内どのの口ぶりでは、あいつに女子でもできたようですが……」

「だったら、なおさらのこと、君だけには引き合わせるだろう」

「いやいや、あいつは、これまで女子では何度も苦い目にあっていますから、またぞろ、おれに何か横槍《よこやり》を入れられやせんかと用心しているんじゃないのかな。あいつは図体のでかいわりに、妙に気のちいさいところがありますからねぇ」

「それならよいが、女子というのは優しげに見えても存外に油断ならんものだからの。ひょんなゆきがかりで、下手《へた》な女子にかかわっておりはせんかな」

「そのことですよ。おれが心配しているのも……あいつは惚《ほ》れたとなるとまっしぐら、猪突猛進《ちょとつもうしん》の口ですからな」

「矢部君は、どうして、女子にああも縁が薄いのかのう。気性はよし、恰幅《かっぷく》もよし、見てくれもそこそこなんじゃが」

「その気よしのところにつけこまれることも、ままありますからな」

伝八郎が耳にしたら、ぶんむくれるようなことを口にした。

なにせ、いまや平蔵、おのれ夫婦の落ち着き先もきまらぬ身の上である。言うなれば人のことなどかまっておられぬ立場だ。

しかも、かつて伝八郎は役者狂いしている淫乱娘とも知らず、旗本家からもちかけられた縁談に飛びついたあげく、平蔵まで刺客に狙われる羽目になり、二人とも死地に陥りそうになったこともある。

——勝手にしろ。

と、言いたいところだが、なんといっても、悪餓鬼《わるがき》のころから良きにつけ悪しきにつけ、つるんできた無二の親友である。

平蔵が窮地に陥ったときでも、迷うことなく肩入れし、相手がどんな強敵でも臆することなく立ち向かってくれた頼もしい剣友だ。

ところが、こと女が相手となると、まるで人が変わったように意地を張ってみたり、だらしなくなってしまうのが伝八郎の難点だった。

「ま、あいつのことはおれにまかせてください。なに、三つ子じゃあるまいし、そう心配することはないでしょう」

請け合ったものの、平蔵にもこれというアテがあるわけではない。

しかしながら茂庭十内の口ぶりでは、笹倉新八が伝八郎の居所を知っているらしい。

——よし。ものはついでだ。

まだ、日は高い。

ひとつ、足をのばして柳島村に屋敷をかまえている篠山検校の用心棒をしている笹倉新八を訪ねてみることにした。

三

道場を出た平蔵は大売り出しで客がひしめきあっている商店を横目で見ながら日本橋に向かった。

柳島村に行くには猪牙舟《ちょきぶね》を頼むのが手っ取り早いだろうと思ったからである。

日本橋川沿いの商店はどこも客でごったがえし、それらの人びとのあいだを縫って荷車や牛車が通る。

このところの火事騒ぎもどこ吹く風の江戸の賑《にぎ》わいだった。

朝っぱらから歩きまわったせいか胃袋がくうくうと鳴きだした。

本舟町の角に「蕎麦《そば》うどん」の看板を見つけて飛びこんだ。

昼時とあって店内はこみあっていたが、隅の八人がけの飯台《はんだい》に空いている樽《たる》椅子《いす》を見つけた。

相席になった二人連れの男が「鴨南蛮《かもなんばん》」を食べながら酒を飲んでいた。

冬の寒鴨は脂がのって、白葱《しろねぎ》のとろりとした風味が淡泊な蕎麦とよく合う、平蔵の好物のひとつでもある。

「鴨南蛮」は三十二文で、十六文の「盛り蕎麦」、「かけ蕎麦」の倍はするが、鴨肉の匂いを嗅いだら腹の虫がおさまらない。ええいと張りこんで注文した。

隣の二人連れはどうやら皆川町界隈《みながわちょうかいわい》の根子屋《ねこや》の職人らしく、杯を口に運びながら槻板《つきいた》の木目《もくめ》がどうの、桑《くわ》の木目がこうのとしゃべっていたが、そのうち水茶屋の女の品定めをはじめた。

根子屋は木場で切り捨てた材木の根を買いつけ、看板や床の間に使う板にして売る特殊な商売で、古い橋脚や、民家の大黒柱なども買いつけて板にして売る。

槻板は欅《けやき》の古木で、床の間や文机《ふづくえ》にはもってこいの板だ。

平蔵はだいたいが商人よりも、職人のほうが好きな性分である。

根子屋も大工とおなじく連日の火事で仕事がたてこんでウケにいっているらしいが、平蔵のほうは町医者になってから、

――ついぞ、ウケにいるほど患者がきたためしはなかったな。

そんなみみっちいことを考えているうちに「鴨南蛮」が運ばれてきた。

皮目を火で炙《あぶ》ってある鴨肉の香ばしい匂いが丼から立ちのぼり、おいでおいで

している。

舌が焦げそうなアツアツの鴨肉をガツガツとむさぼり食った。

醤油《しょうゆ》がききすぎて、すこし汁がしょっぱい気がしたが、腹がへっているときは薄味よりも濃いめのほうがうまい。

いくらか腹の虫がおさまってきたが、まだ物足りない。「ザル蕎麦」を一枚、追加で頼んだ。

しこしこして歯ごたえのある鴨肉を噛《か》みしめているうちに、追加の「ザル蕎麦」が運ばれてきた。

平蔵が「ザル蕎麦」を箸でたぐり、「鴨南蛮」の残り汁にたっぷりひたして食べはじめたとき、さっき長屋の焼け跡で別れたばかりの仙太が二人の仲間を連れてはいってきた。

仙太はめざとく平蔵を見つけ、

「あれれ、神谷の旦那。よくあいますねぇ」

声をかけながら連れといっしょに、おなじ飯台に腰をおろした。

「へええ、旦那。しゃれた食い方してますね。ザルを鴨南の汁につけるってのはおもしれえな」

「なに、鴨南を二杯食うのはしつこすぎるが、こうやると腹にもたれぬからの」

「ちげぇねぇや」

「それにザルは鴨南の半値だからな。安くてよい」

「へへ、いいこと言うねぇ、旦那。おれっちもそれでいこう」

運び女中に鴨南とザルを三人前ずつ通しておいて、

「旦那。ご新造さんをほっぽっといて、こんなところで油売っってていいんですかい」

「ばかをいえ。昼間っから女房の尻にへばりついてられるか」

「へへへ、どうですかねぇ」

「なんだ、何か言いたそうだな」

「ま、ご新造さんにゃないしょの昼遊びも乙《おつ》なもんですからね。深川の櫓下《やぐらした》あたりか、どこぞの色街に息抜きにいこうって算段ですかい」

「おまえじゃあるまいし、おれは女房どので手いっぱいだよ」

「まぁね。あんな別嬪《べっぴん》のご新造さんがいりゃ、春三夏六《しゅんさんかろく》でもアイよってなもんでさ」

「ちっ。おまえにかかっちゃかなわんな」

平蔵、苦笑いして、

「今日はこれから猪牙舟でも拾って柳島にいる仲間に会いにいこうと思っているところさ」

「へえ、柳島ですかい。だったら、あっしらの川舟に乗っていきなせえよ。あっしらも、これから木場にいくところなんで……」

「ほう、そいつは助かる」

渡りに舟とはこのことだ。

猪牙舟の代金がわりに三人に徳利を一本ずつ奢《おご》ってやった。

四

柳島村は本所の東のはずれにある。

近くに藤《ふじ》で名高い亀戸天満宮《かめいどてんまんぐう》があるものの、江戸の一角とは思えない長閑《のどか》な村落である。

篠山検校の屋敷は佐竹右京大夫《さたけうきょうのだいぶ》下屋敷の裏手にあたり、敷地八百坪、ちょいとした旗本屋敷ぐらいはある。

白壁の土塀をめぐらせた屋敷内には、松や百日紅《さるすべり》、梅、紅葉《もみじ》などの樹木が植え込まれ、居ながらにして四季を愛《め》でることができる。

屋敷には番頭がわりの用人もいるし、検校の身のまわりの世話をしている女中頭のほかに、笹倉新八の世話をするおよしという座敷女中や台所女中、庭まわりの下男や駕籠《かご》の者、常雇いの船頭も住みこんでいて、それぞれ長屋をあてがわれている。

船頭は大嶽《おおだけ》という四股名《しこな》の元力士で、若いころは利根川の川船頭をしていたが、怪力を見こまれ東国の大名に抱えられていたらしい。

前頭《まえがしら》までいったものの力自慢の藩士に御前相撲を挑まれ、勢いあまって投げ殺してしまい、阿呆《あほう》ばらいになったところを篠山検校に船頭兼用心棒ということで拾われたという男だ。

検校というのは盲人の最高位で、寺社奉行の管轄下にあるが、朝廷に献金すれば下賜《かし》されるらしい。

篠山検校は座頭《ざとう》から身を起こした人物だが、実情は金貸しで財をなして検校位を手にいれた男だ。

町奉行も手が出せない権威をもっているが、なにしろ大名や、大商人相手に金を貸しつけているから、屋敷内の蔵には千両箱が山積みされているそうな。

笹倉新八は検校の身辺警護の用心棒として雇われているが、子のない篠山検校は新八の無欲恬淡《てんたん》とした人柄が気にいって、我が子のように可愛《かわい》がっているらしい。

新八は長屋ではなく、母屋《おもや》と渡り廊下でつながっている離れ部屋を住まいとしてあてがわれているが、庭に面した八畳の居間のほかに六畳の寝室がついていて、内厠《かわや》まである。

年俸は三十六両、むろん三食つきだから、その日暮らしの平蔵や伝八郎からしてみれば垂涎《すいぜん》ものの厚遇《こうぐう》だ。

門番に来意を告げると、間もなく新八が庭下駄をつっかけ、いそいそと迎えに出てきた。

「やあやあ、神谷さん。ご無事でなにより。なにせ連日の火事騒ぎですからな、どうしておられるのかと心配していたところですよ」

満面に笑みをうかべて庭づたいに離れに案内してくれた。

青畳の匂いも清々《すがすが》しい八畳の居間の床の間には、おおきく湾曲した白い幹肌を見せた真柏《しんぱく》の見事な盆栽がおかれている。

「さ、どうぞ」

欅の一枚板で造られた座卓の上座をすすめられるまま、腰の物をはずしてあぐらをかきながら、思わず唸《うな》った。

「ううーン。こいつは、どこぞのお大尽《だいじん》の部屋のようだな」

「なあに、この座卓も盆栽もみんな質流れの品ですよ。蔵においておくくらいなら使えと検校におしつけられましてね」

「質流れ……」

「さよう。検校は手代の一人に番町《ばんちょう》で質屋をやらせていましてね。なにせ、あのあたりは武家屋敷ばかりですから、金に窮した旗本の用人がいろんなものを質草にもちこんでくるんですよ」

「ははぁ、なるほどね……」

「あの真柏の盆栽はなんでも商人が賄賂《わいろ》がわりに献上したもんで、好事家《こうずか》にとっちゃ垂涎ものの逸品で、なんでも五百両はくだらない代物なんだというはなしです」

「ほう、盆栽が五百両とはねえ……」

「まったく、おれの十年分の手当てより高いんだから、いやんなっちまいますよ」

新八がぼやいていると、渡り廊下から衣擦《きぬず》れの音がして、およしが台所女中のおたけをしたがえ、酒肴《しゅこう》の膳を運んできた。

「その後、奥さまにもお変わりはございませぬか」

「はあ、ま、なんとか……」

およしは平蔵たちが竪大工町に所帯をもってすぐに新八とともに祝いを届けてくれて、波津とも引き合わせてある。

「大事にしてあげてくださいましね。あれだけの奥さまは鉄《かね》の草鞋でお捜しになっても、めったに見つかりませぬ」

「は、いや……」

またまた甚内につづいて、およしからも釘をさされ、平蔵、どうやら今日は厄日のようだ。

閉口している平蔵を新八はおもしろそうにニヤニヤして眺めていた。

「神谷さま。どうか、今日はごゆっくりしていってくださいませ。新八さまは今朝から身をもてあまして、わたくしにあたりちらしてばかりで困っておりましたの」

およしは熱燗《あつかん》の徳利を手に平蔵のかたわらに座ると、ふんわりしたまなざしを新八に向けてほほえんだ。

およしは三十路《みそじ》をひとつ、ふたつ過ぎているはずだが頬がふっくらしているせいだろう、一桁《ひとけた》は若く見えるが、厚い太腿《ふともも》や、むちりとした腰まわりには年増《としま》の色気がみちみちている。

紫根染《しこんぞ》めの紬《つむぎ》に淡い茜色《あかねいろ》の帯が、色白のおよしによく似合っていた。

「ちっ、何を言うか。そっちが朝っぱらから、ああだこうだとかまいつけるから、うるさいと言ったまでだ」

新八が照れくさそうに顔をつるりと撫《な》でた。

「まあ、かまいつけるだなんて、ほうっておいたら縕袍《どてら》のままで一日ごろごろなさっていらっしゃるではありませぬか」

「いいじゃないか。縕袍のどこが悪い」

「わたくしが検校さまに叱《しか》られます」

「なに、どうせ検校どのは知らないんだからかまやしないさ」

「もう……」

平蔵、思わず笑い出した。

「ふふふ、そうやっているところを見ると、年季のはいった夫婦のようですな」

「え……」

「ま……」

五

およしが酒のおかわりをとりにいったあいだに、伝八郎のことを新八に聞いてみた。

「ははぁ、矢部さん、まだ雲隠れしたまんまなんですか」

新八はこともなげに笑いかけたが、ふと眉《まゆ》を曇らせ首をかしげた。

「そんなに気にするほどのことじゃないと思うんですがね」

「あいつが気に病むというと、やはり女子のことかな」

「ええ、まあ……」

「まさか、相手は人妻というわけじゃ……」

「いやいや、おれならともかく、矢部さんはそこまでは羽目をはずさないと思いますよ」

新八は笑いながら手をふって、きっぱりと否定してから、また気がかりな表情になった。

「もっとも、おれも会ったことはないんで、くわしいことはわかりませんがね」

「というと、笹倉さんは女の顔も名前も知らんのですか」

「え、ええ……」

「ははあ……」

てっきり笹倉新八に聞けば伝八郎の現状が、ほぼわかるだろうと思っていただけに平蔵はちょっぴり気落ちした。

「すまんですな。役立たずで……」

新八は申しわけなさそうにピシャリと頬をたたいた。

「いえね。去年の秋に矢部さんと味楽で一杯やったとき聞いただけなんですが、どうやら、そのお人は矢部さんより二つか、三つ年を食ってるそうなんですよ」

「ははん……」

――なんだ、そんなことか。

平蔵、ホッとしたものの、バカバカしくなった。

「ちっ、つまらんことを……あいつは子供みたいなところがあるから、年増のほうがかえって面倒見がよくていいんだがな」

「いや、矢部さんのほうは年なんか一向にかまわんといってるそうですが、相手のほうがそのことで引け腰になってるんだそうですよ」

新八のはなしによると、去年の夏、本所と深川のあいだの小名木川に架けられた高橋の近くで、酔った牢人者にからまれている女を、たまたま通りかかった伝八郎が助けたことがきっかけでわりない仲になったものらしい。

深川の常盤町《ときわちょう》の長屋に住んでいたその女のところに伝八郎はころがりこんでいたらしいが、半月とたたないうちに二人ともどこかに引っ越してしまったという。

「ふうむ……笹倉さんに一言のことわりもなく、ですか」

「さよう。それきり会っておらんのです」

「あのバカ……」

平蔵は舌打ちした。

「ころがりこんでいたというと、つまるところ、押しかけ女房の逆ということかな」

「ま、そういうことになりますね」

新八はニヤリとした。

「ともあれ女が引け腰になってるというのに、矢部さんのほうがくっついて離れないところをみると、よほどあっちの具合がいいのかな」

新八が卑猥《ひわい》な冗談を口にしたとき、およしが酒のおかわりといっしょに寒鮒《かんぶな》の洗いを盛りつけた皿を運んできてくれた。

「あら、くっついて離れないって、なんのおはなしですの」

「なに、蛤《はまぐり》に食いつかれた男のことさ。いや、赤貝だったかな」

「ま、赤貝が食いつくんですか」

「食いつくさ。蛤は初手、赤貝は夜中なりというくらいだからな。もっとも、おれは蛤や赤貝よりも、むっちり吸いついてくる年増の鮹《たこ》のほうが好みだがね」

「なに、おっしゃるんですか。こんなところで……」

およしはさり気なく受け流し、裾《すそ》さばきも鮮やかに腰をあげて引きさがっていった。

淡い茜色の帯の下のふくらみが、品のある色気を感じさせる。

——伝八郎の相手もこういう女なら言うことなしだがな……。

そんなことを思いながら、寒鮒の洗いに箸をのばした。

血抜きして小骨をきれいにとった寒鮒の洗いは鯉《こい》や平目《ひらめ》よりうまい。

およしが鮪かどうかは別として、包丁の腕はなかなかのものだ。

笹倉新八が、この検校屋敷に居着いているのは、およしがいるせいもあるのだろう。

六

たっぷりと馳走になって帰ろうとしたら、二人に是非泊まっていけとすすめられたが、下手をすると、新八とおよしの睦言《むつごと》を聞かされる羽目になる恐れもある。

ふりきって帰ろうとしたら新八がのこのこついてきた。

入江町《いりえちょう》に馴染《なじ》みの飲み屋がある。帰りは検校が常雇いにしている川船で送らせるから、つきあえという。

新八は越後生まれで、江戸にはこれという友達がいない。ひさしぶりに平蔵と会ったから離れがたいのだろう。

さんざん馳走になっておいて無下にふりきるわけにもいかないし、新八とは妙にウマがあっていっしょにいると楽しい。

それに柳島から両国に帰るには夜道を歩くよりは猪牙舟のほうがいいにきまっ

ている。つきあうことにした。

検校の川船は屋敷の外の運河に舫《もや》ってあった。運河は深川を縦横に流れる仙台堀や小名木川、竪川《たてかわ》、北割下水《きたわりげすい》、南割下水《みなみわりげすい》のどこにでも通じていて、隅田の大川《おおかわ》に自在に出ることができるという。

猪牙舟より舟足は遅いが、検校の御用舟だけあって胴の間に屋形がついた立派なものだ。

しかも、風をさえぎるための障子窓がついた屋形のなかには布団をかけた櫓炬《やぐらご》燵《たつ》までである。

今夜は風もおだやかで、空には半弦の月が冴《さ》えわたっていた。

大嶽の櫓《ろ》さばきは昔とった杵柄《きねづか》で、すいすいと水の流れに乗って旅所橋《たびしょばし》をくぐり、竪川に出ると舳先《へさき》を西に向けた。

彼方《かなた》に四ッ目橋が月光にさらされて黒ぐろと見える。

「いいですなあ。夜の川風に吹かれ友と遊ぶ……」

新八は腕組みして舳先に仁王立ちになると月を仰いで、朗々と吟《ぎん》じはじめた。

「辺秋一雁《へんしゅういちがん》の声　月は是《こ》れ故郷の明かり　弟《てい》ありて皆分散し　死生を問わんに家なし……」

唐の詩人杜甫《とほ》の「月夜憶舎弟《つきよにしやていをおもう》」の一片だった。

どうやら新八には離ればなれになった兄弟がいるらしい。

ふだんは極楽とんぼに見えているが、その胸中にひそんでいる哀切の情を垣間見たような気がした。

仁王さまのような巨軀《きょく》をした大嶽がゆったりと櫓を漕《こ》ぎながら四ッ目橋の下をくぐろうとしたときである。

川沿いの土手の上でカン高い女の悲鳴と、男の罵声《ばせい》が聞こえた。

刃《やいば》と刃が嚙みあう金属音が響き、その間隙《かんげき》を破って、

「てめぇら何者だっ！　盗人《ぬすっと》か、それとも辻斬《つじぎ》りか！　どっちにしろ容赦はしねえぜ」

聞き覚えのある巻き舌の啖呵《たんか》がはじけた。

「平蔵さん！　あの声は……」

新八がふり向いた。

「うむ。あれは北町の斧田さんらしいな」

「よし、大嶽！　そこの川岸につけろ」

「笹倉さんよう。おもしろいことになってきたのう」

「おい。おまえは手出しするなよ」

「手はださねぇども、足はわかんねぇ」

「ちっ、怪我しても知らんぞ」

「へ～い」

大嶽がにんまりして櫓を返し、舳先を川岸に向けた。

このあたりの川岸は冬枯れの雑草におおわれた急斜面の土手の水際を、太い乱《らん》杭《ぐい》と積み石でかためてある。

舳先が乱杭にぶつかる直前に新八が、つづいて平蔵が土手に飛びうつり、斜面を駆けあがった。

早くも刀を抜いていた新八に向かって、二人の牢人者が獣じみたわめき声をあげて斬りかかってきた。

とっさに身を沈めた新八が無造作に二人の足を薙《な》ぎはらった。

「ぎゃっ！」

「うおっ！」

両足を斬り飛ばされ、二人の牢人者はもんどりうって土手を転げ落ちていった。

それを横目に土手を駆けあがった平蔵は、ソボロ助広の柄《つか》に手をかけたまま、斬撃の渦中にずかずかと踏みこんでいった。

「な、なんだ。こいつ！」

「邪魔だてすなっ」

切っ先を突き出し、居丈高《いたけだか》に吠《ほ》えたてたが、どいつもこいつも目が吊り上がり、腰がうしろに引けている。

道場剣術というやつで、白刃《はくじん》の修羅場はかいくぐったことがない連中ばかりのようだ。

川岸の柳を背にして斧田が刀を手に、一人の夜鷹《よたか》らしい女をかばうように十人余の牢人者と対峙《たいじ》しているのが月明かりに見えた。

斧田は相手が多数だけに自分からしかけようとはしていないが、構えにゆとりがあった。

そのかたわらで本所の常吉が十手《じって》をかまえ、留松とともに女をかばっている。

女の袖《そで》が無惨に切り裂かれ、血に染まっていた。

女は両の腕で仲間らしい女を抱きかかえ、

「朋代さま！　朋代さま！」

と懸命に呼びかけている。その女は深手を負っているらしく、ぐったりとしていたが、片手に懐剣らしい短刀をしっかりと握りしめていた。

平蔵は斧田と向かいあっていた牢人者に近づくと、ソボロ助広を抜きはなちざま、肩から袈裟《けさ》がけに斬り捨てた。

つんのめるように突っ伏した仲間を見て、ほかの牢人者たちはどどっと後退した。

「おお、神谷さんか。助かったぜ」

「何者なんです。こやつら」

「なあに、深川にくすぶってる破落戸《ごろつき》どもよ。どうやら北辻橋《きたつじばし》の向こうにいる二人が親玉らしいぜ」

斧田が目をしゃくってみせた。

「うむ……」

見ると、柳原町《やなぎわらちょう》から花町《はなちょう》に架けられた北辻橋の袂《たもと》に佇《たたず》んでいるふたつの人影が見えた。

そのとき、大嶽が櫓棹《ろざお》をふるって破落戸牢人どもを背後から薙ぎ倒しはじめた。

「こいつらっ！　ぶっ殺してやるっ」

巨漢の大嶽が仁王立ちになって、片手で櫓棹を鷲《わし》づかみにしてふりまわすたび、つむじ風が巻き起こり、牢人者は片っ端から悲鳴をあげて吹っ飛ぶ。

「い、いかん！　退《ひ》け、退け、退けっ」

牢人どもは蜘蛛《くも》の子を散らすように逃走しはじめた。

北辻橋の袂にいた二人の姿はいつの間にか消えていた。

常吉と留松が路上でうめいている牢人者に飛びかかり、つぎつぎに捕り縄をかけていった。

そのころになって、ようやく御用提灯《ぢょうちん》を手にした捕り方が駆けつけてくるのが見えた。

七

斧田から聞いたところによると、助けた女の一人はおみつ、もう一人は朋代という夜鷹の仲間だった。

二人は常吉が手配した川船で、すぐさま八丁堀に移送された。

おみつの赤ん坊はすでに八丁堀の斧田の役宅にかくまわれているということだった。

「なぁに、うちの嬶《かかあ》はこういうことにゃ馴《な》れてるからな。しんぺえすることたあねぇ」

日頃、妻女のことを糞味噌《くそみそ》にけなしている斧田も、内心では全幅の信頼をおいているらしい。

八丁堀は南北奉行所の与力、同心の組屋敷のある区域で、しかも医者と犬が多いことでも知られているから、二人の身の安全にはもってこいの場所でもある。

逃走した曲者《くせもの》の手配をすませた斧田は、新八が昵懇《じっこん》にしている入江町の小料理屋『お多福《たふく》』で待っていた平蔵と新八の座敷に顔を出した。

「ほう。笹倉さんも隅におけねぇな」

『お多福』の女将《おかみ》に案内されてはいってきた斧田は巻き羽織《ばおり》の裾をひょいとまくってあぐらをかくと、箱火鉢に手をかざし、女将のお福《ふく》を見やってにやりとした。

「ここの女将を見たら、およしさんが角《つの》を出しかねないぜ」

「よしてくださいな、旦那。およしさんとあたしは櫓下の朋輩《ほうばい》だったんですよ」

「なあに女友達なんてなぁ、いつ裏切るかわからねぇもんと相場はきまってらぁな」

斧田の言うとおり、お福は『お多福』という店の名前とは裏腹に小股《こまた》の切れあがった、いい女だった。

「ところで斧田さん、今夜の一件はどういうことなんです」

　お福が引きさがるのを待って平蔵が問いかけた。

「見たところ、あの牢人どもは、あの二人の女を消そうとしていたようだが、なんだってそんなことを……」

「二人じゃない。やつらの狙いは、おみつという女だけだったのよ。もう一人の朋代って女は側杖《そばづえ》を食っただけさ」

　朋代はかつて武家の妻女だっただけに、いつも帯の間に懐剣を隠しもっていたが、おみつを庇《かば》おうと気丈にも懐剣で立ち向かったのが逆に仇《あだ》になったものらしい。

　暗闇坂の火事に太吉という大工がからんでいるとみて、斧田が常吉に太吉の身辺を洗わせたところ、おみつという夜鷹が浮上してきた。

　そこで、常吉はおみつの長屋を訪ねて、太吉とのかかわりを問いただした。

　おみつのはなしによると、太吉は深川の飲み屋で隣り合わせた二人の牢人者に酒をたらふく呑まされたあげく、つい所帯をもつ金の工面がつかなくて焦《あせ》っているともらしたらしい。

おみつは太吉の長屋にいるときに訪れてきた牢人者は、一人は馬面《うまづら》で痩《や》せぎすの長身だったが、もう一人は小太りな体で、小鼻の脇におおきな黒子《ほくろ》があったという。

太吉がはなしたところによると、その二人の牢人者は浅草の田圃《たんぼ》にある占い百姓家を手にいれ、剣道場に改造したいが、屋根を葺《ふ》きかえる藁束《わらたば》、柴垣《しばがき》の補修に使う粗朶《そだ》、それを運ぶ荷車と牛がいるともちかけてきたらしい。

すでに牛と荷車は入手してあるが、藁束と粗朶を牛車で運び、道場の改造を引き受けてくれれば二十両出そうともちかけ、五両の前金をちらつかせたという。

いままで見たこともない五両という大金に目がくらんだ太吉は有頂天《うちょうてん》になった。

太吉は三両をおみつに渡し、この仕事がすんだら所帯をもとうと言ってくれたが、おみつはどうにも不安だった。

よく知っている仲間からのはなしならともかく、たまたま飲み屋で相席しただけの、それも素性もわからない牢人など信用できない。

お金を返して、ことわったほうがいいと太吉に言ったが、もう手付けをもらってしまった。いまさらことわるなんてできないという。

おみつも、それ以上、きついことは言えなかった。

「それが逆目になったというわけですな」

「うむ。おみつという女子も赤ん坊をかかえて夜鷹に身を落としているくらいだからな。手にした三両は喉から手が出るほどだったのだろうよ」

斧田は苦い目になった。

「それにな。おみつという女子はそもそも、男というものを信じちゃいなかったらしい」

「ははあ、それで太吉のことも信じきれちゃいなかった」

「ま、そういうことになるな。いまはそのことを悔やんでいるようだがね」

ただ、おみつは太吉を巧みに誑《たぶら》かし、抹殺《まっさつ》したと思われる二人の牢人者の人相を見ていたし、顔の特徴もしっかり覚えていた。

斧田が二人の人相書きを造り、手配しようとしていた矢先、常吉から深川に巣くっている破落戸牢人どもが、おみつのことをしきりに嗅ぎまわっているようすだと知らされたという。

「こいつはヤバイと思ったね。やつらは太吉の長屋にいったときおみつに気づいて、身辺を見張っていたんだろうよ。はじめは夜鷹風情《ふぜい》とあなどっていたが、もしかしたら深い仲かも知れねぇと思ったんだろうな」

「そこで、おみつを消しにかかったという寸法か」

「ああ、火牛を使って付け火をしようなどと考えるやつらだ。背後にゃ相当な大物がからんでるにちがいねぇ。念には念をいれろということだろうよ」

おみつの身が危ないと思った斧田は常吉たちとともに、おみつの警護をかねて昨夜から身辺を見張っていたらしい。

ところが、川船に乗っていたやつらは、おみつが朋代と二人きりになると、船からおりて一気に襲いかかってきたという。

「つまり、あんたはおみつを囮《おとり》にして、やつらをふんづかまえようとしたってわけだな」

平蔵が咎《とが》めるようなまなざしで斧田を睨《にら》んだ。

「八丁堀の考えそうなことだ」

「ま、そう言うな……」

斧田は渋い目になった。

「なにがなんでも付け火の下手人《げしゅにん》を召し捕らなくちゃ、この先、どんな大事《おおごと》になるかも知れねぇんだからな」

「しかし、斧田さんがひっとらえたのは雑魚《ざこ》ばかり、肝腎のやつは逃がしてしまったじゃないか」

「なあに、雑魚をしばきあげりゃ、けしかけたやつの正体もわかるってもんだ」

「正体か……」

「そうよ。赤坂の火事じゃ押し込み強盗が出たが、暗闇坂の火付けじゃそれらしい事件は起きてねぇ。なんのための火付けか見当がつかん」

「ふうむ……つまり、押し込みと火付けは別物かも知れんということか」

「それよ。もしかしたら、この一件、もっと根が深いような気がする」

それまで黙って二人のはなしを聞いていた笹倉新八が、

「さっきの女のことですがね。いつまでも斧田さんの組屋敷においとくというわけにもいかんでしょう」

「ン……そりゃまぁ、そうだが」

「うちの屋敷に引きとるというのはどうです」

「なんだって……」

これには平蔵も、斧田も思わず目を瞠《みは》った。

「いえね、うちの検校はちょいと変わり者で、大名や金持ちからは貸し金をびしびしとりたてますが、貧乏人や世の中から落ちこぼれたような人間には情けをかけて面倒を見る。そういうところが気にいって、おれも居着いてるんですよ」

新八は照れくさそうにツルリと顔を撫でた。

「だから、うちの屋敷には大嶽みたいな相撲くずれもいれば、櫓下で羽織芸者をしていた女が男の借金のカタにされて、いまじゃ住みこみの女中になっている」

「しかし、笹倉さん。芸者と夜鷹とはいっしょにできまいが」

斧田が危惧《きぐ》したが、新八はこともなげに、

「なあに、検校もむかしは笛吹いて街を流していた按摩《あんま》だったんですからね。夜鷹ぐらいいじゃおどろきゃしませんよ」

「よし、きまった」

斧田がポンと手をたたいた。

「おれからも検校どのに頼んでみるが、ひとつここは笹倉どのから根回しをしてもらいたいな」

「まかせてください。屋敷内のことは一任されていますからな」

「だが、おみつという女は赤ん坊つきだぞ」

「なあに、もらい乳するわけじゃなし、赤ん坊の一人ぐらいどうってことないでしょう」

新八、こともなげに言い放った。

「検校屋敷に赤ん坊の泣き声がするのも、また楽しくていい」

――この男。ただ人柄がいいというだけではなく、存外、人間としてもできているな。

平蔵はあらためて笹倉新八という男を見直した。

八

大嶽が漕ぐ川船は竪川をすべるように隅田川に向かっていた。

風もなく、空には星が凍《い》てつくように煌《きら》めいている。

「まるで、さっきの乱闘が嘘のようですねぇ」

舳先に立って腕組みをしていた笹倉新八が平蔵のほうをふり向いて笑みかけた。

「笹倉さんにはさんざ馳走になったうえ、とんだとばっちりまでかけてしまったな」

「なんの、爺《じい》さんの守りばかりしてたんじゃ老けこんでしまいますからね。たまにはこういう息ぬきもなくっちゃおもしろくない」

「しかし、検校どのを爺さんなんて言っちゃいかんですな。銭儲《ぜにもう》けに血眼《ちまなこ》になってるご時世で、恵まれん人に情けをかけるなどということは、なかなかできんことだ」

「ふふふ、神谷さんもけっこう甘いですな」

「ン……」

「いまはともかく、流しの按摩から金貸しになって、検校にまでのぼりつめるのは並大抵のことじゃない。かつては相当に阿漕《あこぎ》なことをやってきたにちがいありませんよ」

「それを言っちゃ身も蓋《ふた》もなかろう。昔は昔、いまはいまということもある」

「なに、蓋をあければ闇汁ということもありますよ」

新八、あっさりまぜっかえしておいて、

「たしかにね。昔のおれなんぞ、どうしようもない破れ傘だったからなあ……」

「なに、貴公が破れ傘なら、おれは底ぬけの釜、いや水甕《みずがめ》の口かな」

「ははは、底ぬけの水甕ですか」

「ちと、はなしは変わるが、あの、およしどのは、なかなかよくできた女子ですな。言葉遣いも、挙措《きょそ》も申し分ない。もしやしたら武家の出ではないかな」

「ほう、さすがは神谷さんだ。よくわかりましたね」

新八、いささかまぶしそうに平蔵を見返した。

「あの人は表向きは町家の娘でおよしということになっていますが、本名は佳乃《よしの》といって五十石取りの直参の娘だったんだそうですよ」

「ほう、佳乃どの、か。……やはりな。あの物腰はどうみても町家のものじゃないと思っていましたよ」

平蔵、おおきくうなずいた。

「それが、どうしてまた、検校どのの屋敷に……」

「ええ。なんでも検校どのに聞いたところによると、十九のときに高二百石の旗本の跡取りに嫁いだところ、この男がとんでもない道楽者でしてね。二年とたたぬうちに浅草の水茶屋の女にいれあげて、あちこちから借金したあげくに女から袖にされてカッとなって女を刺し殺し、無理心中してしまったんだそうです」

「ははあ、そりゃ、また、とんでもない男に嫁いだものですな」

「まったくです……」

新八はどっかと船の胴の間に腰をおろした。

「むろん、家は取り潰《つぶ》しになりましたがね。百両近い借金があったらしいんですが、そのとき押しかけてきた借金取りの矢面《やおもて》に立ったのが、あの人でね。そのときの対応が実に見事だったというんで、検校が貸し金を棒引きにしたうえで身柄を屋敷に引きとったんだそうです」

「ふうむ。やはり、タダものじゃない。笹倉さんも検校どのを爺さんなどと言っちゃいかんな」

「なに、爺さんは親愛の意味合いですよ。なにせ、おれにとっちゃ、いまや検校どのは祖父のようなものですからね。……あの爺さまのためなら、おれはいつでも死ねる」

新八は川面《かわも》に目をやりながらポツンとつぶやいた。

「そうか……」

――どうやら、
笹倉新八も、佳乃も、いい人にめぐりあったらしい。

――伝八郎にも、いいめぐりあいがあればよいが……。

船は一ツ目橋《ひとつめばし》をくぐり、隅田川に出た。

両国の太鼓橋が夜空に黒ぐろと弧を描いているのが見えた。

第六章　三味線堀《しやみせんぼり》の女

一

雀《すずめ》がせわしげに囀《さえず》っている。

障子にさしかける陽射しがまぶしくて、平蔵は枕を抱えたまま、ごろりと寝返りを打った。

跳ねとばしていた掻巻《かいまき》をたぐり寄せた。

黒い繻子《しゆす》をかけた掻巻には波津の匂いがしみついている。

化粧をしない波津の肌の匂いは、なんとなくほのかに甘酸っぱい。

——ゆうべは可哀相なことをしたな……。

笹倉新八に川船で両国まで送ってもらい、『味楽』にもどってみると、表戸はしまっていた。

無理もない。とうに四つ半（十一時）をすぎている。おそらく十内も、お甲も、平蔵はどこかに泊まってくるのだろうと思って戸締まりしたにちがいない。

いざとなれば塀を乗り越えるしかないかと思いながら、横の路地をぬけると裏の離れ部屋に向かって小声で波津に呼びかけてみた。

表通りにうろついていた野良犬がけたたましく吠《ほ》えたてた。

小石を拾って投げたら、犬の頭にあたってキャーンと一声鳴いて逃げていった。

――さて、どうするか……。

思案していたら、コトコトと下駄の音がして、

控えめな波津の声がして間もなく、裏口の木戸がかすかに軋《きし》みながらあけられ、

「平蔵さまですね……」

綿入れを羽織った波津が迎えてくれた。

どうやら着物も帯もきちんとつけたまま待っていたらしい。

火鉢に鉄瓶がかけてあって、箱膳に湯漬けの用意がしてあった。

湯漬けをかきこむあいだ、波津はきちんと座ったまま食べおわるのを待っていた。

腹ごしらえすると、ドッと睡魔が襲ってきた。

軽衫《カルサン》と袖無《そでな》しの袷《あわせ》を脱ぎすて、そのまま掻巻にもぐりこんだ。

しばらくすると後片付けをすませた波津が、肌着になって平蔵のかたわらに寄り添うように身をよせてきた。

冷え切った素足がいじらしかった。

抱きよせると、ひしと頬をすりよせてきた。

そのまま睡魔に身をまかせ、吸いこまれるように眠ってしまった。

——婚して三日で亭主のあしらいかたをつかみ、半年目には器量のほどを見極め、か……。

平蔵はようやく床から起き出して顔を洗いおわると、あぐらをかいて波津が箱膳に用意してくれておいた朝飯をかきこみながら、甚内のご託宣《たくせん》を思い出していた。

——まんざら的はずれでもないな。

波津と婚してから、まだふた月しかたっていないが、義父の官兵衛から内祝いをしてもらってからザッと半年は過ぎた。

昨夜、家人が寝静まってから、泥棒猫のようにもどってきた平蔵を、波津は文句ひとつ言わずに迎え出た。

亭主のあしらいかたとしては上出来といえる。

——もしかしたら……、
およそ器量のほども見極めたのかなと、忖度《そんたく》してみたが、これぱかりはおしはかりようがない。

バリバリと沢庵《たくあん》漬けを噛《か》みながら、飯に味噌汁をぶっかけ、サラサラとかきこんでいると、庭のほうからカタカタと下駄の跫音《あしおと》がした。

「平蔵さま……」

お甲の声がして、縁側の障子が勢いよくあけられた。

両手を縁側について、お甲が首をのばしてのぞきこんだ。

「あら、いまごろ朝ご飯なんですか」

「いや、もうすんだところだが……」

「じゃ、よかった」

お甲は縁側に膝《ひざ》をついて、

「柳橋を渡った角の三河屋《みかわや》さんて佃煮屋《つくだにや》に怪我人がかつぎこまれたんですけどね。あいにくの火事騒ぎでお医者さまが往診に出払っていて困ってらっしゃるそうです。ちょいといって診《み》てあげてくださらない」

「わかった」

平蔵は勢いよく立ちあがった。

「波津はどうしておる」

「いま、五目煮の煮染《にし》めを手伝ってもらっているところ……お呼びしてきましょうか」

「いや、それにはおよばん」

ごろごろしていると、いつ、お甲や波津に尻をたたかれ、薪《まき》割りや水汲《く》みにかり出されるか知れたものではない。

いそいで袖無しの袷に軽衫袴《ばかま》をつけると両刀を腰に差し、薬箱に手をのばした。

「あらあら、往診にまで刀差していくんですか」

「ふふ、こいつは若いときからの癖でな。腰が軽いと、どうにも落ち着かんのだ」

「そうですね。無腰の平蔵さまなんて、らしくないわ」

くくっと笑うと、お甲はサッサとあがりこんで平蔵の背後にまわり、手ぎわよく軽衫の着付けを直しながら、耳元に唇をよせてささやいた。

「なんでも怪我したお人は色っぽい年増《としま》なんですってよ」

「それがどうした」

「だめよ、悪い癖だしちゃ」

「なんだ、その悪い癖とは」

「だって、平蔵さまはなんたって手が早いんだもの」

ぺろっと舌を出して、くくくっと笑った。

「なにぃ」

「だって、縫《ぬい》さまのつぎは小間物屋の後家のお品《しな》さん。それに文乃《あやの》さまでしょ」

指を折りながら、これまでの平蔵の女出入りを数えはじめた。

「こら、いいかげんにしろ」

「ふふっ、大丈夫。ご新造《しんぞ》さまにはないしょにしておいてあげますからね」

お甲はニッと片目をつぶってみせると、形のいい臀《しり》をふり立てて母屋《おもや》にもどっていった。

「ちっ」

舌打ちしたが、かつてお甲とはもうすこしでいい仲になりそうになったことがある。

――このぶんでは味楽にあまり長居するのも考えものだ。

雪駄《せった》をつっかけ、裏木戸から路地に出た。

二

三河屋は浅草でも老舗《しにせ》の佃煮屋である。

店は柳橋を渡った、とっかかりの角にあった。

十間間口の、佃煮屋にしては大店《おおだな》にはいる。

大戸をあけて商いはしていたが、味楽とおなじく小僧や女中が焼け出されの人びとに茶や佃煮を振る舞っていた。

店先に立つと醬油《しょうゆ》の香ばしい匂いがプンプンし、食欲をそそる。

小僧に用向きを伝えると、すぐに手代らしい喜八《きはち》という三十代の男が前垂れで手を拭きながら出てきた。

両刀を腰にした侍姿の平蔵を見て、喜八は一瞬たじろいだが、平蔵がソボロ助広《すけひろ》の大刀を外し、味楽のお甲から往診を頼まれてきた医者だと告げると、ホッとしたような愛想笑いをうかべ「さ、さ、どうぞ」と先に立って店の奥に案内した。

暖簾《のれん》で仕切られた奥は平土間で、売り物の佃煮を仕込む作業場になっていた。

壁に沿って大きな竈《へっつい》がいくつも並び、半裸の職人たちが汗だくになって長柄《ながえ》の木杓文字《きしゃもじ》を手に大鍋で沙魚《はぜ》や小海老《こえび》、蜆《しじみ》、浅蜊《あさり》、蛤《はまぐり》など江戸湾で採れる魚介類、刻み昆布《こんぶ》などをグツグツと煮つめてはかきまわしていた。

真冬だというのに竈に焚《た》きつけた薪の火と、鍋から噴きあがる湯気で平土間は真夏のような暑さだった。

醤油の香ばしい匂いと、魚介類の臭いが湯気とまじりあって渦を巻いている。

台所の木戸を出ると屋根つきの井戸があり、その前で襷《たすき》がけになった日雇いの女たちが十人あまり横一列にずらりと並んで、河岸《かし》から木箱で仕入れた小魚や貝を水洗いしたり、湯通しされた貝の身を殻《から》から外しては大笊《おおざる》に移す作業に余念がなかった。

むき身を外された貝殻は山積みされ、真冬にもかかわらず蠅《はえ》がしつこくたかってくる。

魚介類の生臭い臭いが平蔵の鼻孔《びこう》にドッと押し寄せてきた。

ここは平土間とちがい、寒風にさらされていたが、女たちは一斗搗《いっとづ》きの鏡餅《かがみもち》のような尻を、輪切りにした丸太にどっかと乗せ、ぺちゃくちゃしゃべりながらも手は休みなく動かしている。

日銭稼ぎの内職に雇われた女房たちばかりらしく、おしゃべりも下ネタがらみの話題ばかりだが、からっとしていて卑《いや》しい感じはしない。

仕事はきついだろうが、だれ一人愚痴をこぼしている女はいなかった。

——女子《おなご》というのは下手《へた》な男よりたくましいもんだな。

感心しながら、手代のうしろからついていった。

腰高の板塀で囲った井戸端の向こう側は中庭になっているらしく、枝ぶりのいい黒松を中心にモッコクやサツキなどの低木の葉がこんもりした緑の茂みをつくっている。

老舗らしく、間口よりも奥行きはずんと深い。

「怪我人は女子だそうだな」

手代についていきながら、平蔵が声をかけた。

「はい。お名前は存じませんが、手前どもの佃煮をよく買っていただいております。」

なんでも店の前で下駄の鼻緒が切れて転んだところを牛車にぶつかり足首を痛めたらしく、歩くこともできず、立つこともできなくなったのだという。

はなしのようすでは捻挫《ねんざ》のようだが、骨折している危惧《きぐ》もある。

中庭をまわりこむと、母屋の縁側の前に出た。

「こちらでございます」

手代は敷石の前で腰をかがめ、障子の向こうに声をかけた。

「旦那《だんな》さま。味楽のお甲さんが頼んでくださったお医者さまがお見えになりましたが」

「おお、それは……」

すぐにサラリと障子が引きあけられ、店の主人らしい五十年配の小柄な男が顔を見せた。

髪に白いものがまじりかけているが、いかにも老舗の主人らしい、細面《ほそおもて》の品のいい温顔《おんがん》をしている。

「わざわざお運びいただいて恐れいります」

両手をついて深ぶかと頭を下げた。

三

縁先にその女のものらしい、片方の鼻緒が切れた女下駄が一足、きちんとおかれていた。

雪駄をぬいで平蔵が部屋にはいっていくと、主人らしい老人があらためて丁重に挨拶《あいさつ》した。

「三河屋吾平《ごへい》でございます。おとりこみのところをお呼びだていたしまして申しわけございませぬ」

「なんの、医者に遠慮は無用。急病人、怪我人が出れば深夜、早朝といえども駆けつけるのが務めですからな」

平蔵は薬箱と、腰のソボロ助広をかたわらにおいて、挨拶を返しながら畳に横臥《おうが》している女に目を向けた。

箱枕に頭を乗せていた女が片肘《ひじ》をついて体を起こしかけた。

「そのまま、そのまま、医者に辞儀は無用だ」

女中らしい娘が小盥《こだらい》の水に手ぬぐいを浸して絞り、横臥している女の左足首にあてては冷やしていた。

「牛車にぶつかって転んだそうだが、痛めたのは足首かな」

「はい。ぶつかって倒れたとき、左足を挫《くじ》いてしまって」

女が半身を起こしながら、消え入りそうな声で答えた。

「三河屋さんにも、とんだご迷惑をおかけしてしまって、申しわけありませぬ」

「なんの、人は相身互い、お気遣《きづか》いはいりませぬよ」

三河屋吾平がいたわるように声をかけた。

平蔵は薬箱を引き寄せて、女のそばに座をうつすと、女の左足首に手をかけた。

女は足袋《たび》もはかず、素足のままだった。

島田崩しに結った髪は乱れていたが、頰はふっくらしていて、目も鼻も唇もこぢんまりした優しげな顔立ちをしている。

矢絣《やがすり》の小袖に黒繻子の半襟《はんえり》をかけ、帯は結び下げにしているあたり、茶汲み女でもしているらしいが、言葉遣いや、挙措《きょそ》の端ばしにも、どことなく育ちのよさを思わせる品があった。

「そなた、どうやら武家の出のようだの」

「え……」

女は一瞬、まじまじと平蔵を見つめ、双眸《りょうめ》をおおきく見ひらいたが、やがて弱々しくうなずき、いそいで襟前をかきあわせた。

「お恥ずかしゅうございます」

「なんの。武家も禄を失えば口を糊《のり》する手だてをもとめるのは当然のことだ。わしも武家の出だが、いまは見てのとおりのしがない町医者だ。そなたが恥じることなど何もありはせん」

「は、はい……」

かたわらから三河屋吾平が口添えした。

「足が熱をもっていて、痛むというので冷やしてさしあげましたが、よろしゅうございましたかな」

「よいとも、骨折にせよ、捻挫にせよ、初手は冷やしてやることだ。ともかく触診してみよう」

平蔵は痛めたという女の左足首に手をのばした。

脹《ふく》ら脛《はぎ》と足首に打ち身の跡の青痣《あおあざ》があったが、骨は折れていないようだった。

平蔵は脹ら脛に手を添え、女の足をもちあげると膝の上において、両手の指先で足首の後ろ側の崑崙《こんろん》、内側の三陰交《さんいんこう》のツボをひとつ、ひとつ静かに押してみた。

「うっ……う」

女がときおり鋭い痛苦の声をあげた。

「痛むだろうが、初手が肝腎ゆえな。いま、すこしのあいだ我慢してもらおう」

「は、はい。はしたない声を出して申しわけございませぬ」

「なんの、痛いときは遠慮なく声を出すがよい。黙っていてはどこを痛めたかわからぬ」

平蔵は女の足をもちあげながら、着物の裾《すそ》を膝頭の上あたりまでたくしあげ、足にまつわりついている深紅の二布《ふたの》をはずした。

「あ……」

女は思わず声をあげ、足をすくめようとした。

「そなたが羞《は》じらう気持ちはわかるが、医者の目や手をいちいち気にされては治療ができぬ」

「申しわけありませぬ」

女はおずおずと筋肉の緊張をゆるめた。

「それでよい、そのまま楽にしておられよ」

つぎに平蔵は女をうつぶせにさせると、大腿《だいたい》部の裏側にある承扶《しょうふ》、殷門《いんもん》、それに膝の内側にある委中《いちゅう》のツボを探り、親指で押してみた。

委中や殷門は皮膚も薄く、敏感な箇所でもあるし、承扶は臀部のふくらみの下にある。平蔵の指先がふれただけで、またもや女はびくっと腰をひいた。

「よし、もうよいぞ」

平蔵は女の足を静かにおろし、薬箱を引き寄せた。

「診《み》たところ、足首の筋も痛めているが、膝の裏筋から腿の内側の筋もだいぶ痛めたようだな。……ま、挫傷《ざしょう》と捻挫というところだが、骨折しておらぬからといって甘く見てはいかん。捻挫をこじらせるとあとあと尾を引きかねんからの。とりあえず湿布をしておくが、まず二、三日は無理してはならぬぞ」

「二、三日……」

「うむ。すこし楽になったからといって歩いたりすれば十日で治るものが、半月、ひと月にのびる。まず、しばらくは、できるだけ安静にして寝ていることだ」

「でも、とにかく長屋にもどりませぬと……」

女は途方に暮れたようにつぶやいた。

「そうか、早く我が家にもどりたいのだな」

「はい。このまま三河屋さんにご迷惑はかけられませぬ」

女が片肘をついて半身を起こし、平蔵に訴えかけたとき、ほのかに甘い乳の匂いが襟前からこぼれた。

平蔵は膏薬《こうやく》を練って晒《さら》しの布に塗りつけ、患部に巻きつけながら女に目を向けた。

「そなた、赤子《やや》がいるのではないか」

「…………」

女はぎくりとしたように一瞬目を伏せたが、すぐに顔を伏せながらうなずいた。

「はい。昨年、産まれた子が……」

「ほう。それは気がかりだろうな」

平蔵は眉《まゆ》をひそめた。

「連れ合いは、ご在宅か」

「…………」

女は一瞬、口ごもったが、すぐに首を横にふった。

「主人は……みまかりました」

女は一言、一言おしだすように答えた。

「ふうむ……」

　身なりからして禄を失った牢人の妻女らしいが、頼みの綱の夫とも死別し、乳《ち》飲《の》み子をかかえているとなると、生計《たつき》をたてていくためには、手内職でもするか、通い奉公でもするしかあるまい。

「そなた。どこかではたらいておるのか」

「はい。四つ半から七つ半まで広小路の茶見世ではたらかせていただいておりま す。今日は湯屋にいった帰りに三河屋さんで佃煮を買い求めようと思っていたところ……」

「災難にあったということだな」

「はい……」

「そなたがはたらいておるあいだ、だれぞ、その子の面倒を見てくれる者はいるのかね」

「え、ええ……」

　女はためらいがちにうなずいた。

　どうやら近所の女房たちにでも頼んであるのだろうが、店にいけないとなるとすこしでも早く子のもとに帰りたいにちがいない。

である。


「住まいはどこだね」

「三味線堀ですから、ここからなら四半刻とかかりませぬ」

三味線堀は新シ橋から向柳原《むこうやなぎわら》の通りをまっすぐいった右側にある大きな水壕である。

まわりはほとんどが大名屋敷と旗本の拝領屋敷にかこまれた閑静な武家町だが、ここからなら目をつぶってもいける近場だった。

「よし、三味線堀ならわけはあるまい。わしがおぶって住まいまで送りとどけよう」

「い、いえ、そのような……」

女はおどろいたように眸《め》を瞠《みは》った。

かたわらから三河屋吾平が膝をおしすすめた。

「もし、戸板でもよければ、わたくしどもの手代や小僧に申しつけてお送りいたしますが」

「いや、それには及ばぬ。わしは医者といっても武家育ちだから、剣術の修行もけっこう積んできておる。怪我人や病人をおぶって走ったことも何度となくあるゆえ心配はいらん」

「ですが……」

「それに、このお人も戸板で住まいまで運ばれては近所の手前も肩身が狭かろう」

戸板で運ばれるのは瀕死《ひんし》の怪我人か急病人、川流れの死体か、さもなくば川に身投げした心中者の男女と、ほぼ相場はきまっている。

「戸板のほうが体は楽だが、どうするかは、そなたが決めることだな」

平蔵にうながされ、女はしばらくためらっていたが、ようやくおずおずとうなずいた。

「これ以上、三河屋さんにご迷惑をかけるわけにはまいりませぬ」

「よし、きまった」

平蔵は薬箱からとりだした痛み止めの薬を懐中にねじこんで大刀を腰に差し、腰を落とすと、女の腕をつかんで背におぶった。

「ご主人、すまぬが薬箱は預かっておいてくれぬか。あとでとりによこすゆえ渡してくれればよい」

「かしこまりました」

平蔵は両手で女の太腿《ふともも》を抱えこむと、ゆっくりと腰をあげた。

主人の吾平と女中が左右からささえるようにして女を平蔵の背中におぶわせてくれた。

女は見た目よりも肉付きがよいとみえ、ずしりと持ち重りがした。

四

柳橋から三味線堀に向かうには浅草の広小路にのびている大通りから左に折れる道筋と、神田川べりの道沿いに新シ橋に出て向柳原を北にまっすぐ向かう道筋とふたつあるが、大通りはこみあっている。

平蔵は神田川に沿った平右衛門町《へいえもんちょう》の路地をぬけ、浅草御門前の大通りを突っ切って、左衛門河岸《さえもんがし》に出た。

左衛門河岸は道幅も広く、人通りもすくなかった。

右側に左衛門河岸の由来にもなっている、徳川家の譜代大名のなかでも名門の酒井左衛門尉《さかいさえもんのじょう》の広大な下屋敷がある。

辻番所の前を通り、久右衛門町《きゅうえもんちょう》の細長い蔵地沿いの河岸をぬけて、新シ橋の前に出た。

女は安心しきっているのか、観念しているのか、片方鼻緒の切れた下駄を手にしたまま、ぐったりと体を平蔵にゆだねて身じろぎもしなかった。

重くはないが、女のぬくもりが生温かく伝わって、平蔵の背中が汗ばんできた。

「ところで、まだ、そなたの名を聞いておらなんだな」

肩越しに声をかけると、平蔵のうなじに顔をゆだねていた女が、びくりと顔を起こした。

「育代《いくよ》ともうします。いくは育てるの育、よは御代《みよ》の代です」

女子の名に漢字を使うのは武家だけである。育代は武家の出であることだけを誇りに生きてきたのだろう。

「育代どの、か。わしの姉上と一字ちがいだな。いや、実の姉ではなく嫂《あによめ》だが、幾乃という名での。これが血をわけた実の兄よりもずんと思いやりのある、心ばえの優しいよくできたお人で、わしにとっては母のようなものだ」

「お幸せですこと……」

つぶやくように言った育代の声が、心なしか湿っていた。

「いやいや、幸せどころか、わしも妻を娶《めと》ったばかりというに火事で焼け出されてしもうた。いまは宿無し、文無しの身でな。おまけに町医者などというのはなんとも不便な商売だからの」

「不便ともうされますと……」

「それよ。魚屋か八百屋のように、どこぞに病人はおらぬかと、あちこち御用聞きにまわるわけにもいかんし、芝居小屋か軽業《かるわざ》小屋みたいに呼びこみをかけるわけにもいかん。かというて、まさか越後屋みたいに現金安売り掛け値なしとチラシをまくわけにもいかんしな」

「ま……」

背中で育代がくすっと忍び笑いした。

「ふふ、ま、当面、お先真っ暗というところだが、ぼやいていてもはじまらぬ」

「お強いんですのね」

「なんの、男なんぞというものは肩肘つっぱらかって威張っておるものの、根っこは甘ったれの寂しがりよ」

育代の体をぐいとゆすりあげ、平蔵は笑いかけた。

「それにくらべて女子というのはふだんは優しげに振る舞っているが、いざともなれば芯はめっぽう強いもんだぞ。さらに子をもった女子ほど強いものはない」

「そうでしょうか……」

「そうとも、熊も、狼も、牡《おす》よりも仔もちの牝《めす》のほうがずんと強い。そなたも赤子のためにも、せいぜいがんばることだな」

「…………」

「そなたはまだまだ若い。そのうち、よい連れ合いにめぐりあえよう。世の中まんざら捨てたもんではないぞ」

平蔵はいつになく饒舌《じょうぜつ》になっていた。

この幸《さち》薄い女を、すこしでも励ましてやりたかったからだ。

「この江戸はな。女子より男のほうがずんと多い、いびつな街だ。武家屋敷の家人も、お店者《たなもの》もほとんどが男だ。そうだろう」

「え、ええ……」

「関八州の百姓家でも跡取りのほかは、だれかれなく仕事をもとめて江戸に出てくる。女子は年ごろになると武家屋敷や大店に奉公に出るという手もあるし、お城の大奥には何千人もの女子がうじゃうじゃしているが、町中には女子がすくない」

「…………」

「独り身の男どもはわんさといるが、喉《のど》から手が出るほど女房が欲しくても肝腎の女子がなかなか見つからん。つまり江戸というのは女ひでりの街といってもいいな」

「ま……」

「育代どのなら、きっとよい連れ合いにめぐりあえる」

「まさか、わたくしのような子持ちの寡婦《やもめ》に、そのような」

「なんの、鮭《しゃけ》でも、鱈《たら》でも、シシャモでも子持ちの牝のほうがずんと値が張る。

なに、そなたが子持ちなら、ハナから跡取りがいるようなもんだ。なんら卑下《ひげ》す
ることはないぞ」

いささか乱暴な論理だが、育代ほどの器量なら男が目をつけぬはずはない。

――ただ、育代に男を見わける目があるか、どうか……、
そこが、育代の運命の分かれ道になるのだろう。

新シ橋に出たが向柳原の通りは左右が厳《いか》めしい武家屋敷が甍《いらか》を連ねているだけ
に人影はすくなかった。

三味線堀は北国秋田郡《あきたごおり》の藩主・佐竹右京大夫上屋敷の目の前にある、千坪はあ
ろうかという広大な水壕である。

水壕は佐竹家の屋敷に突き当たり、右に折れたところから南北にひろがってい

る。
　壕には鴨《かも》の群れがひしめきあっていた。なかには川鵜《かわう》や白鷺《しらさぎ》の番《つがい》もまじってい
る。
　水壕の入り口が曲がり角になっていて船着き場があった。
いましも舫《もや》い綱を杭《くい》にかけおえた一艘《いっそう》の猪牙舟《ちょきぶね》から、二人の牢人者と船頭が石
段を登ってくるのが見えた。
　ふいに平蔵の背中で育代の体が硬直し、いそいで顔をそむけて平蔵の肩に顔を
伏せるのがわかった。
「なるほど貴公好みの尻つきのいい年増だが、あれぐらいの女子なら櫓下《やぐらした》にいけ
ば掃いて捨てるほどいるぞ」
「ふふ、まぁな……」
　人もなげな声が耳にはいり、思わず平蔵は足をとめてふり向いた。
　聞き捨てならぬと思ったからである。
　が、そのとき平蔵の肩につかまっていた育代の手が脅えたようにわなないてい
るのに気づいた。
　——そうか……。

ってていた。

育代をおぶったままでは迂闊《うかつ》なこともできぬなと苦笑した。

すでに牢人の姿はどこかの大名屋敷の角を曲がってしまったらしく見えなくなっていた。


「いまの牢人どもを知っておるのか」

平蔵が歩きながら問いかけると、育代はぎくっとなったが、

「いいえ。存じませぬ」

これまでにない強い口調で否定した。

——なにやら、あの牢人と曰《いわ》くがありそうだな。

そう思ったが、平蔵は黙っていた。

人にはだれしも、知られたくない過去があるものだ。

それを、あえてつつき出すのは平蔵の好みではなかった。

——待てよ……。

ふいに平蔵は、昨夜、斧田から聞いた、夜鷹のおみつが見たという牢人者の人相書のことを思い出した。

一人は馬面《うまづら》の長身で、もう一人は背は低いが小鼻の脇に黒子《ほくろ》があるという。

たしかに、一人は長身で、もう一人は小柄だったが、石段を登ってくるところ

をちらっと見ただけで人相までは、よく見なかった。

――ちっ！

舌打ちしたが、いまさら遅い。

五

育代の住まいは向柳原の通りを突き当たり、右に折れた下谷七軒町《しちけんちょう》の東端にあった。

隣が酒井《さかい》大学頭《だいがくのかみ》の上屋敷で、厳めしい土塀に仕切られた西側に棟割り長屋がいくつかひしめいている。

その一角に屋根つきの井戸があり、井戸端で褞袍《どてら》を着こんだ大男が背中を向け、熊のようにうずくまって洗濯をしていた。

背中に童髪《わらべがみ》の赤ん坊をおぶっている。

その井戸端の柿の木に結びつけた紐《ひも》でつながれた幼児が、まわりの小石を拾っては男の背中にぶつけてキャッキャッとはしゃいでいる。

「こらこら、よさぬか」

男は紐をつかんで幼児をずるずると引き寄せると、濡れた手で幼児の頬をつねりあげ、

「こら、めっだぞ」

脅かしたが、幼児は一向にこたえぬらしく両手で男の髭《ひげ》をつかんでケラケラはしゃいでいる。

「こいつめが……」

髭面は満面に笑みをうかべ、赤ん坊をおぶったまま、やんちゃ坊主を片手で鷲《わし》づかみし、たかだかと吊るしあげた。

「ちゃん、もっと高い高い」

吊るしあげられ、幼児はキャッキャッとはしゃいでいる。

「ようし、もっとか……」

髭面は洗濯の手をやすめて腰を起こすと、やんちゃ坊主を目よりも高く差し上げた。

「伝八郎……」

平蔵は呆然《ぼうぜん》として男を見つめた。

髭面の熊男はなんと、先日からあちこち行方を捜しまわっていた矢部伝八郎だ

ったのである。

――それにしても、伝八郎が「ちゃん」とはどういうことだ。

「おっ……」

伝八郎がようやく平蔵に気づいて、そのまま固まってしまった。

差し上げられていたやんちゃ坊主が平蔵と育代に気づき、紅葉《もみじ》のような両手をのばし「かかさま、かかさま」とまわらぬ舌で呼びかけた。

その声を聞きつけてか目の前の長屋から、お下げ髪をした六、七歳の女の子が包丁と大根を手に出てきて幼児を見上げ、

「けいすけ、おじさまのおじゃまをしてはいけませぬ」

こましゃくれた口ぶりでたしなめたが、平蔵の背におぶわれている育代に気づいて、おどろいたように目を瞠った。

「おかあさま……」

六

育代がころんで足を痛めたと平蔵から聞くと、伝八郎は天下の一大事が起きた

ように目ン玉をひんむいたが、あらましのいきさつと容態《ようだい》がわかると、ようやく愁眉《しゅうび》をひらいた。

伝八郎は足下におろした幼児を「おい、坊主を頼む」と平蔵におしつけると、まるでこわれものでもあつかうかのように平蔵の背中から育代を抱えとり、背中に赤ん坊をおぶったままで、あたふたと長屋のなかに運びこんだ。

——いったい、どうなっとるんだ。

圭介《けいすけ》という名のやんちゃ坊主をあぐらの中に抱えたまま、平蔵は憮然《ぶぜん》としていた。

育代が借りている住まいは入り口の土間に板張りの上がり框《かまち》があり、六畳間と二畳間、つきあたりに狭い板張りの台所があって流し台と二口《ふたくち》の竈《へっつい》、角に水甕《みずがめ》をおく半畳ほどの土間がついているという定番の棟割り長屋だった。

——ここなら家賃は月一分《いちぶ》（一千文）といったところだろうな。

おのれも住まい探しのさなかだけに平蔵は目ざとく目《め》の子《こ》算用した。

そのあいだに伝八郎は育代を横抱きにしたまま、六畳間にふたつ折りにしてあった煎餅《せんべい》布団を足で蹴飛ばしてひろげた。

ついで、育代を布団にそっと仰臥《ぎょうが》させてから頭に木枕をあてがい、搔巻をそっとかけてやった。こんな優しげな伝八郎はこれまでついぞ見たことがない。

どうやら伝八郎は、この育代にぞっこんのようだった。

光江《みつえ》というおしゃまな長女によると、ちょこまかとよく動きまわる坊主は圭介、赤ん坊は大助《たすけ》というらしい。

「いやぁ、神谷。いかい造作をかけた。すまん、すまん」

伝八郎がホッとしたようにふり向くと、褞袍を脱ぎすて、

「すまん、ちと待っていてくれんか」

そう言い捨てるとあたふたと表に飛び出し、洗濯しかけの襁褓《おしめ》を無造作に物干し竿《ざお》にかけ、またバタバタともどってきて部屋の隅に立てかけてあった両刀を腰に差した。

「これでよし。ま、なにはともあれ、そのあたりでちびっと一杯やろう」

「おい、おまえはすぐそれだ。時と場合を考えろ」

たしなめたが、伝八郎は平気の平左だった。

「いいではないか。きさまと会うのは久方ぶりだし、育代どのがいかい世話をかけたこともある。このまま、ハイそうですかと帰すわけにはいかん」

もっともらしい屁理屈をこねたが、本音は何かにつけて酒にしようという魂胆なのは見えすいている。

育代も住まいにもどれた安心感もあり、どうやら伝八郎と平蔵のことは知悉《ちしつ》していたらしいふしもある。侍姿の医者など、そういるものではないから、三河屋で顔をあわせたときから気づいていて、それとなく伝八郎のもとにみちびこうとしたのだろう。

「光江もおりますし、お二人でつもるはなしもございましょう。どうぞ、お出かけくださいまし」

と、赤子の大助をあやしながら、顔をあげて勧めた。

「な、な、育代どのもああ申しておる。とにかく、きさまの労をねぎらいがてら、親交を温めあおうというわけだ。この近くに、わしの行きつけの店がある。ウン、むろん、今日の勘定はわしがもつ」

えらそうにドンと胸をたたいた。

真っ昼間から酒でもあるまいと思ったが、平蔵がいては育代も気づかれするだろうからつきあうことにした。

七

「いやぁ、まいった。まいった。いきなり本丸に乗りこまれるとは思わなんだわ」

伝八郎は頼んだ酒が運ばれてくるなり、たてつづけに徳利の酒を盃《さかずき》についで飲み干しながら、まぶしそうに目をすくいあげた。

「しかも、よりによって育代どのが、きさまの往診をうけることになるとはな。やっぱり、きさまとわしは切っても切れぬ赤い糸で結ばれておるのやも知れんのう」

――なにが、赤い糸だ。いけしゃあしゃあと、おれにだんまりで三味線堀なんぞに所帯をもちやがって……。

もしやして、焼け出されてうろうろしているのではないかと、案じていたのがバカらしく思える。

「ま、ま、遠慮なく飲《や》ってくれ。まちがっても往診料から飲み代をさっぴいてくれなどというみみっちぃことは言わん。はっはっは」

伝八郎は上機嫌で二合徳利をつきつけた。

「さ、さ、ぐっといけ。ぐっと……」

ここは三味線堀から東に一筋入った小島町《こじまちょう》にある『けやきや』という飯屋もかねた居酒屋で、昼間は飯も出すらしく、職人や、担《にな》い売りの小商人《こあきんど》たちでこみあっていた。

店内は平土間になっていて、幅一尺に長さが一間半あまりの板をふたつあわせた飯台《はんだい》をつなげた客席がいくつかある。

二人は飯台に向かい合わせになって丸太をぶったぎっただけの椅子に腰をかけていた。

暖簾の奥に台所があるとみえ、魚を焼く煙が暖簾をくぐりぬけ店内に容赦なく流れこんでくる。

天窓がないため、行き場のない煙が店内によどんでいた。

おまけに入り口の戸障子の紙も黄ばんでいるため、店内は薄暗く、真っ昼間だというのに客の顔もさだかには見えない。

紺絣に赤い帯をしめた十六、七の小娘が、客席のあいだを縫って盆にのせた鮭の氷頭《ひず》と、里芋と蒟蒻《こんにゃく》の煮付けを運んできた。

「ほら、これ、旦那の好物だっぺ」

安州訛《あんしゆうなま》り丸出しで氷頭の鉢と煮付けの皿を伝八郎の前においた。

「おう、おう、これこれ。わしゃ、この氷頭とおみよちゃんの顔を拝みにここに来るようなもんだ」

伝八郎は歯のうくような科白《せりふ》を吐きながら、ついでにツルリと娘の尻を撫《な》でた。

「ヤンだ、もう。旦那ったら手癖がわりぃんだから」

娘はくすっと笑いながらピシャリと伝八郎の手をひっぱたくと、バタバタと店の奥に駆け込んでいった。

伝八郎は女のあしらいは下手だが、酒がはいるとやたらと女の尻を撫でたがる癖がある。

「ちっ。あいかわらずだな、きさま……」

渋面《じゆうめん》をつくって、じろりと睨《にら》みつけたが、

「ま、ま、そう堅いことを言うな。あれでけっこうよろこんでおるのよ。女子というのは二八《にはち》（十六歳）にもなると胸をさわられたり、尻を撫でられたりしてキャッキャッしているうちに色気づいてくるものよ」

蛙《かえる》の面にしょんべんで、一向に効き目がない。

「ところで、いったい、どうなっとるんだ」

「ン。なにが、だ」

「とぼけるな。育代どののことだ。上の二人の子はともかくとしても、あの赤ん坊が産まれたのが去年だとすれば、仕込みは一昨年ということになる。一昨年の秋か、それとも冬に仕込んだのか」

「アン……」

伝八郎、鳩が豆鉄砲を食らったような顔になった。

「お、おい、神谷。なにか勘ちがいしてやせんか」

「勘ちがい……」

「そうよ。もしやして、きさま、あの赤ん坊が、わしと育代どののあいだにできた子だとでも思っとるんじゃないか」

「なにぃ……」

平蔵、絶句した。

「しかし、げんに、あの圭介という坊主はきさまのことをちゃんと呼んでおるではないか」

「ちっちっちっ！　ありゃ、ちゃんはちゃんでもおじちゃんだ」

「おじちゃん……」

「そうよ。ちゃんはちゃんでも大ちがいよ」

「じゃ、あの大助とかいう赤ん坊はいったいだれの子なんだ。亭主は亡くなったのだろう。あの子の父親はだれなんだ」

「うむ。それがの、なんでも去年の春に亡くなったらしい」

　ふいに伝八郎、しんみりした顔になった。

「去年の春……というと、生まれる前か」

「ああ、なんでも錦糸《きんし》堀《ぼり》のそばで斬殺《ざんさつ》されたらしい」

「錦糸堀というと、置いてけ堀のことか」

「うむ。それも朝になってから通りかかった豆腐屋が、堀に向かって犬が吠えたてているのでのぞいてみたら死体が浮いているのに気づいてわかったというから、やられたのは日暮れてからだろうよ」

「ふうむ。……しかし、また、なんだってあんな寂しいところにいったんだ」

「ああ、よほどの釣り好きならともかく、ふつうなら夜はだれも寄りつかんところだからの」

「置いてけ堀」は本所の七不思議のひとつで、鮒《ふな》や鯉《こい》などの魚がよく釣れるが、暗くなってから釣り糸を垂れていると、どこからともなく「置いてけ、置いてけ」という怪しい声が聞こえてくるという怪談じみた噂《うわさ》がある掘り割りである。

釣った魚をそのまま置いて逃げればいいが、さもなくば堀にはまって死んでしまうか、気がふれて廃人になってしまうという。

「刀を手にしていたというから、いちおう抜きあわせたらしいが、向こうのほうが一枚上手だったんだろう。肩からざっくり袈裟《けさ》がけに斬られていたそうだ」

「敵持《かたきも》ちだったのか、その育代どのの連れ合いは……」

「いや、侍にはちがいないが、こっちのほうはとんと縁がない男だったらしいぞ」

伝八郎は右手でどんと左手をたたいてみせた。

八

育代の亡夫は島田《しまだ》圭次郎《けいじろう》といって、三年前まで松代《まつしろ》藩で勘定方の組頭をしていたが、奉行と商人《あきんど》の癒着《ゆちやく》を知り、咎《とが》めたところ逆に帳簿を改竄《かいざん》され、藩を追われる羽目になったらしい。

そのころ育代は腹に圭介を身ごもっていたが、長女の光江の手を引いて夫とともに江戸に出てきたのだという。

はじめのうちはすこしはあった蓄えも一年もたたずに底をつき、育代は縫い物の手内職の賃仕事をし、夫の圭次郎は公儀御用の埋め立て工事の人足をして生計をたてていたが、城勤めの算盤侍《そろばんざむらい》だった夫にモッコを担《かつ》いでの人足仕事はきつく、月に半分しか仕事に出られなかった。

なんとか算用を生かせる仕事はないものかと、市中の口入れ屋をあちこちまわっていた、その、さなかの惨事だった。

三人目の臨月を間近にひかえていた育代は茫然自失《ぼうぜんじしつ》したが、残された光江や圭介のためにも、泣き暮れてばかりもいられなかった。

さいわい長女の光江が利発で気丈な子だったので、買い物にもいってくれるし、台所や洗濯も手伝ってくれる。

気をとりなおした育代は縫い物の賃仕事のかたわら、昼間は両国の茶見世で茶汲み女をしていたらしい。

「なにせ、育代どのは見てのとおりの器量ゆえ、年よりも五つ六つは若く見えるからの。ウン」

よほど惚《ほ》れているらしく、伝八郎、途端にしまりのない顔になった。

「おい。いくらなんでも、その、どのづけはよせ。まだ婚してはおらぬといっても、男と女子がひとつ屋根の下に暮らしていれば、もはや夫婦《めおと》も同然、どのづけは聞き苦しいぞ」

平蔵、苦い目になった。

「それとも何か。まだ、手も足も出しておらんのか」

「い、いや。ばかをいえ。……その、月に何度かは、その、ちゃんとすることはしておる」

伝八郎、ふいにしどろもどろになった。

「おい、その月に何度かとはどういうことだ。おいぼれの爺《じい》さんみたいなことを言うな」

「う、うう、それがだな。その、きさまのような二人っきりの所帯ならともかく、育代どのは赤ん坊もいれて三人もの子持ちだぞ。……川の字どころか、四本川だ。あの六畳間に四人が寝ればいっぱいいっぱいだ。やむをえず、わしは一人で二畳のほうに寝ておる始末よ」

伝八郎、ふうっと溜息をついた。

「おまけに夜中でもおかまいなしに赤ん坊は泣くわ。圭介はときおり寝小便をたれる。光江はおしゃまだけに耳ざとく、目ざといときておるからの。ウン……」

伝八郎はやるせない顔になると、盃の酒をぐいと飲み干した。

「なにせ、一度、その、アレのさなかに光江と圭介が掻巻をかぶりながらじっとこっちを見ておったのよ」

「ははあ……」

「な、これにゃ、まいったぞ」

伝八郎、なんともいえぬ情けない顔になって目をしばたいた。

「わかった。わかった……」

平蔵、思わず苦笑した。

「それで、しばしば指をくわえてお預けを食っておるというわけか」

「う、うむ。こりゃつらいぞ、神谷……」

「バカ。それぐらい、ほかにいくらでも手はあろうが」

「うん？」

「まあ、いい。それよりも、あの人と知り合ったのはいつごろなんだ。ウン？」

「う、うむ。そうさの、ありゃ去年の夏ごろだったの。櫓下で一杯やっての帰り道に高橋の近くで牢人者にからまれておる育代どのを助けたのがきっかけよ」

そのころ、育代は永代寺《えいたいじ》門前の茶見世で茶汲み女をしていたが、帰り道に酒に酔った牢人者に一杯つきあえとしつこくまといつかれていたところを伝八郎に助けられた。

住まいは小名木川を渡ってすぐの常盤町だというので、ついでに長屋まで送っていったところ、せめて夕食でもと誘われた。

「どういうわけか圭介に、ちゃん、ちゃんとなつかれての。わしが帰ろうとするとまつわりついて離れんのよ」

「ははあ……」

伝八郎はむかしから女には縁遠いが、不思議に子供にはよくなつかれるところがある。見た目はいかついが、人柄のよさが無心な子供には伝わるのだろう。

そのうち育代が気をきかして酒をふるまってくれたから、伝八郎はますます上機嫌になった。

育代も夫と死別して間もなくで、心細かったのだろう。赤子の大助に乳を飲ませながら、身の上話をぽつりぽつりとはじめた。

はじめは警戒していた光江も、伝八郎の他愛《たわい》もないおちゃらけにつられて笑顔を見せるようになった。

　伝八郎はもともと飲みだしたらキリがない男だ。

とうとう沈没してしまったらしく、気がついたら掻巻をかぶったまま朝を迎えていたという。

「ちっ。しまらんやつだな。初対面の女所帯の住まいで、酔いつぶれてしまったのか」

　平蔵、舌打ちしたが、

「おい、神谷。きさまも、そう、えらそうなことは言えまいが……」

　とたんに伝八郎から逆襲を食った。

「わしは酔いつぶれて寝ちまっただけだが、きさまはついでに据え膳まで食っちまったことも一度や二度じゃなかろう。ン？」

「わかった、わかった」

「わしなんぞ、育代どのとわりない仲になるのに、そうよ、かれこれふた月以上もかかったかの」

　なんと伝八郎は以来、ほぼ毎日のように育代の見世に通い、帰りは住まいまで送りつづけたという。

それが冬も間近い晩秋にはいったある日、帰途、だしぬけに驟雨《しゅうう》に見舞われ、やむをえず、目の前の出合い茶屋に雨宿りしようと飛びこんだのがきっかけだったという。

出合い茶屋は男と女が逢い引きに使うところだから、情事のための布団も用意されている。

育代にしても、生身の女だし、これまで伝八郎がどんな想いで通ってきているかもわかっていた。

内湯をすすめられ、伝八郎が先にはいっていると、育代があとからはいってきたのだという。

「わしゃ夢でも見ちょるのかと思ったわ。薄暗い湯殿に一糸《いっし》まとわぬ真っ白な育代どのが目の前におる。わしゃ観音さまの化身かと思うたくらいじゃ」

伝八郎、そのときのことを想いかえしているのだろう。でれっとしたふやけた顔になった。

「わかった、わかった。つまりはようやっと本懐をとげたわけだ」

「こら、本懐とはなんだ。浅野《あさの》の牢人じゃあるまいし、わしゃ、そのときは微塵《みじん》の野心もなかったんだぞ」

「おい、浅野の牢人の討ち入りも野心とは縁はなかったろう。いうならば本望をとげたのよ。きさまと大差はなかろう」

「本望……」

「そうよ。討ち入りを果たしたということに変わりあるまいが」

「討ち入り……」

伝八郎、なにやら釈然としない顔だったが、伝八郎の惚気《のろけ》にこれ以上つきあっていては日が暮れる。

「で、これからどうするんだ。いまのまま、のんべんだらりとしてちゃ具合悪かろう。おれが見たところじゃ、育代どのはこれまで、きさまがかかわりあった女子よりズンと上物《じょうもの》だ」

「あ、ああ、きさまもそう思うか」

「ま、あとはきさまの覚悟しだいだな。ちゃんと婚して所帯をもてば子供たちに気がねすることもいらん。毎晩だろうが、真っ昼間だろうが、威張ってとっくみあいでもなんでもするがいい」

平蔵、ジロリと伝八郎を見つめた。

「ただ、相手は三人の子持ちの寡婦《やもめ》だ。きさまもとたんに三人の子をしょいこむことになる。その覚悟はできておるのか」

「あ、ああ。そのことなら聞くまでもない。ただ……」

「兄者のことだな」

「う、うむ。それよ。……なにせ、兄者は無類の堅物だからの」

とたんに伝八郎、情けない顔になった。

「案じるな。そのことなら、おれが小弥太どのに掛け合ってやる」

平蔵、どんと胸をたたいてみせた。

「なに、うんもすんもあるか。どうせ、きさまは矢部家にとっちゃ厄介者だろうが。養子の口もかからず、はや三十男で大飯食らい、おまけに酒好き、女好きとくりゃ仲人もよりつかんだろう」

「お、おい。そういっちゃ実も蓋《ふた》もなかろうが。これでも佐治門下じゃ龍虎《りゆうこ》と自他ともに認められた……」

「バカ。いまは剣より算盤、人あたりがよくて、小才のきくやつが重宝される世の中だぞ。剣術なんぞ屁《へ》のつっぱりにもならん」

「う、ううむ……」

「下手をすりゃ死ぬまで無妻のまんまになりかねんところだ。それがどうまちがってか、育代どのなどという上物の女子とねんごろになったんだ。それも、いかがわしい素性の女ならともかく、武家育ちのちゃんとした女子だ。小弥太どのがごちゃごちゃ文句をつけるなら、さっさと矢部家と縁を切っちまえばいい。きさまが、小弥太どのに気後《きおく》れすることなどなにひとつありはせん」

「……平蔵」

いきなり伝八郎、むんずと平蔵の手をつかんだ。

「いや、やはり、もつべきものは友だのう」

「ちっ！　よせよせ、こっちはどこへ雲隠れしたのかとさんざん心配していたんだぞ。もっと早く相談してくれりゃいいものを……」

「わ、わかっておる。何度もそう思ったが、三人も子がいると、やれ風邪をひいただの、腹をくだしたのとてんてこまいすることばかりでのう。それにな、あの圭介のやつが、ちゃん、ちゃんと日がな一日まつわりついて離れんのだ」

伝八郎がめずらしく神妙な顔になってぼそりとつぶやいた。

「なにせ、あの坊主はの、父御《てご》が亡くなったときは、まだ、はいはいしかけたばかりの嬰児《えいじ》でな。むろんのこと父親《てておや》の顔も知らん。いわば父《てて》なし子みたいなもんよ」

ぐいと盃を干し、ぐしゅんと洟水《はなみず》をすすりあげた。

「じゃによって、どうやらわしを父親と思いこんどるふしも多分にある。それがなんともいじらしゅうて、な」

伝八郎はがさつなところがあるが、涙もろい男でもある。

そむけた目頭が赤くなって、心なしかうるんで見えた。

「よいではないか。育代どのと所帯をもてば、三人ともきさまの子になるわけだ。子はちいさいほどようなつくもんよ。きさまも、もはや三十路《みそじ》、三人ぐらい子がいても不思議はない。それにだ。きさまの馬力なら、この先、まだ一人や二人は生まれよう」

「お、おい。それを言うな。それを……」

「ただし、子沢山もいいが、みんなの口を糊《のり》していくのも大変になるぞ。当分は子づくりよりも、まずは稼ぎに精出すことだな」

「わ、わかっておる……頭が痛いのはそのことよ」

平蔵、懐中から巾着《きんちゃく》をつかみだして伝八郎の前においた。たいしたことはないが、粒銀や小銭もひっくるめて、一両二、三分は入っているはずだった。

「な、なんだ、これは……」

「なに、たいしてはいってはおらん。ま、手土産とでも思ってくれればよい」

「い、いかん。きさまには育代どのの治療費も払っておらんし、これまで心配かけた負い目もある。こんなものはもらうわけにはいかん」

　いちおう巾着をつかんで押しもどそうとしたが、手はしっかりと巾着をつかんだままだ。

「まあ、気にするほどのものではない。子供たちに着せるものか、菓子でも買ってやってくれ」

「平蔵……」

「ただし、ここの勘定はきさまもちだぞ。そいつを出したら、おれは空っけつの文無しだからな」

「わ、わかっておる。すまんのう、神谷」

第七章　伊皿子坂《いさらござか》の血闘

一

書院の外の渡り廊下を踏む足音がして、あぐらをかいて茶をすすっていた平蔵はいそいで正座し、居住まいをただした。

早くも夕日がさしかけている障子に優雅な影が動いて、さらりと障子があけられ、内女中をしたがえた嫂《あね》の幾乃が裾《すそ》をさばいてにこやかな笑顔を見せた。

「呼びたてておきながら待たせてすまぬの」

「いいえ。滅相もございませぬ」

平蔵は両手をついて、丁重に挨拶《あいさつ》した。

「そうあらたまらずともよい。そなたは義理とはいえ、わたしの弟ではありませぬか」

幾乃はふわりとつつみこむような微笑を投げかけた。

この嫂には子供のころから世話になりっぱなし、迷惑のかけっぱなしで、平蔵にとっては兄の忠利より恩義を感じている。

「波津は機嫌ようしておるかえ」

「は、いたって元気に毎日まめまめしく動きまわっております」

「たまには屋敷にも顔を見せるようつたえておくれ。波津の顔を見ないとさみしいゆえな」

「は……」

無沙汰《ぶさた》をなじられているようで、平蔵、じわりと脇の下に冷や汗をかいた。

今日の昼前、だしぬけに生家の下男をしている市助《いちすけ》が『味楽』に平蔵を訪ねてきた。

市助の口上は、忠利が下城する八つ半（午後三時）までに屋敷に来るようにというものだった。

「なんでも大事なおはなしがあるそうで、時刻を違《たが》えられませぬようにとのことでございました」

市助はもう七十になろうかという老爺《ろうや》である。

半分、腰が曲がりかけているが、頭も足も達者なものだった。

「それにしても、おれがここにいることがようわかったな」

竪大工町の長屋を焼け出されてから生家には連絡していないのに、市助が迷うことなく訪ねてきたことに平蔵はおどろいた。

「何をおっしゃいますか、ぼっちゃま。お殿さまは公儀御目付でございますよ。江戸市中のことは何事もお見通しでございます」

市助は波津が出した茶をうまそうにすすりながら、まるで自分が目付でもあるかのように胸をはってみせると、懐から奉書紙の包みをとりだした。

「これは奥方さまからの火事見舞いとのことでございます」

――さすがは嫂上《あねうえ》……。

心配りがちがう、と平蔵は幾乃の配慮にほのぼのとしたぬくもりを感じた。

包みには五両もの大金がはいっていた。

昨日、伝八郎に巾着《きんちゃく》ごとおいてきて、いまや一文なしの平蔵にとっては干天の慈雨にひとしい。

頭ごなしの権柄《けんぺい》ずくで呼びつける兄には臍《へそ》を曲げたくもなるが、幾乃の手前、おとなしく言われたとおり八つ半に駿河台の生家を訪れることにしたのである。それが四半刻たっても兄が一向に下城してこないので、幾乃が気をつかって顔を見せたのだ。

間もたしに伝八郎が三人の子持ちの後家と婚することになりそうだというはなしをすると、幾乃は「まぁ……」と絶句したが、すぐに「では、平蔵もいそいで子づくりに励まないといけませんね」と尻をたたかれてしまった。

「しかし、あれは天の授かりものですから……」

「平蔵らしくもない。波津をしっかり慈《いつく》しんでやりさえすれば、おのずと子は授かるものですよ」

「は、せいぜい励んでおるつもりですが……」

「ま……」

幾乃は口に袖《そで》をあてて、くすっと笑ったが、すぐに眉《まゆ》をひそめ、

「そんな立派な体をしていて子ができぬというのは不思議ですね。わたくしなどは嫁いでひと月もたたずに身ごもりましたよ」

「ははぁ……」

あの謹厳実直の塊《かたまり》のような兄が、日々、子造りに励んでいた図を想像すると思

わず笑いがこみあげてくる。

「なにが、おかしいのです」

「い、いえ……」

「もしかして、おまえは子種がないのではありませぬか」

「い、いや……」

「波津はあれだけ健《すこ》やかな女子《おなご》ですから、赤子《やや》ができぬはずはありませぬ。せいぜい慈しんでやることですね」

「は……」

これには、なんとも答えようがない。

閉口していたとき、ようやく忠利が下城してきた。

しばらく見ないうちに忠利の鬢《びん》には白いものが目立つようになってきている。兄が背負っている公儀の役務の重さを思い知らされたような気がした。

二

いつもの忠利なら平蔵を待たせておいたまま居室で麻裃《あさがみしも》をはずし、平服に着替えてから書院に姿を現すところだが、今日は下城するなり裃のままでせわしなく姿をあらわした。

しかも、顔見知りの徒目付組頭《かちめつけくみがしら》の味村武兵衛《あじむらぶへえ》まで従えている。

味村武兵衛は徒目付を束ねているだけではなく、黒鍬組《くろくわぐみ》も統率する忠利の股肱《ここう》の部下でもある。

――これは、ただごとではないな……。

味村武兵衛は忠利の耳目《じもく》とも、手足ともなって隠密にはたらく、かけがえのない男だが、役目柄、よほどのことがないかぎり目付の屋敷にまで同行することはない。

「平蔵。明日からしばらくの間、わしのためにはたらいてもらうぞ。いや、わしのためというより天下の御為《おんため》というてよい」

忠利はいきなり頭ごなしにきめつけ、幾乃に裃をはずさせると、どっかと上座にあぐらをかいた。

「しかし、兄上、それがし、いまは一介《いっかい》の町医者、天下とはなんのかかわりもございませぬが」

「馬鹿者！　何人《なんぴと》といえども盤石《ばんじゃく》の天下あっての平穏無事の暮らしがある。かかわりがないとは言わせぬぞ」

「は、されど……」

かたわらから味村武兵衛がなだめるように口をはさんだ。

「神谷さま。そう、だしぬけに頭ごなしに申されても、平蔵どのも困惑なされましょう」

「う、うむ……」

忠利、渋い顔になって、しばらく平蔵を睨《にら》みつけていたが、

「よし、ならば、わしからのたっての頼みと申せばどうじゃ。まさかに否《いな》やは申すまいな」

「はあ、とは申せ、それも事と次第によりましょう」

いくら兄の頼みとはいえ、これでは問答無用の押しつけにひとしい。

平蔵、臆することなく忠利を見つめた。

「ちっ。こやつめ、駆け引きするつもりか」

「いやいや、駆け引きなどと、とんでもございませぬ」

平蔵、屈することなく忠利を見返した。

「されど、ただ、はたらけとだけ申されても、それがしもいまは妻をもつ身、

暮らし向きのこともありますゆえ、事の子細《しさい》をうかがわずにご返答はできかねます」

「わかった、わかった。むろん、そのあたりのことも勘案しておる」

忠利は背後の手文庫から切り餅《もち》をひとつ、無造作につかみだした。

「とりあえず、十日分の費《つい》えじゃ」

「これは……」

平蔵、思わず目を瞠《みは》った。

切り餅は一分銀百枚、二十五両を奉書紙で包んだものである。

十日で二十五両というと、一日あたり二両二分ということになる。長屋住まいなら月に二両もあれば楽に暮らせるだろう。

目下、居候《いそうろう》、手元不如意《ふにょい》の平蔵にしてみれば喉《のど》から手が出るほどの大金である。

――いつもは吝《しわ》い兄にしては……、
ずいぶんと張り込んだものだ。

――こいつは、よほどの大役を押しつけるつもりだな。

「…………」

「むろん、事なく仕遂《しおお》せたときには別に報償《ほうしょう》をとらせる」

──なんと……。

平蔵の全身に緊張が走った。

破格の日当のほかに報償金まで出そうということは、即、事の重大さをしめすことにほかならないからだ。

──いったい兄上は、このおれに何をさせようというのだ。

忠利は旗本を監察するのが仕事の目付である。同時に目付は同僚の不正を監察弾劾するという役務も負わされる。

非情でなければ務まらぬ役儀でもある。

──この兄上なら、弟でも平気で死地に投じるだろうな。

平蔵は醒《さ》めた目で、忠利を見つめた。

「とは申せ、そち一人では心もとない。例のほら、なんと申したかの。そちといつもつるんでおった直参の次男坊……」

「矢部伝八郎のことでございますか」

「おお、それよ、それ……あれは、多少、粗野なところはあるがコレのほうはなかなかの遣《つか》い手だったの」

忠利は左手で右の手首をたたいてみせた。

「はあ、それは、佐治道場の門下でそれがしと比肩されていたほどの男ですから、めったに遅れをとるようなことはありますまいが……」

「うむ。できれば、あの男にも手伝《てつど》うてもらいたいが、どうかの」

「さて、それは当人にたしかめてみませぬと……」

ふと平蔵の脳裏に褞袍《どてら》姿で赤子を背負い、汚れ物を洗濯していた伝八郎の姿がよぎった。

むろん、声をかければ一も二もなく飛びついてくるだろうが、それは同時に伝八郎をも死地に追いやりかねないことになる。

安請け合いするわけにもいかなかった。

「早速、すぐにも会ってみよ。ほかにも口が堅く、手練《てだれ》の者がいれば声をかけてみてくれ。ただし、公儀御用についておる者は使うわけにはいかぬぞ」

「ははあ、つまりは身辺身軽なものがよいということですな」

「うむ。ことは極秘に属することゆえな」

「なるほど……」

つまりは使い捨てにしてもいいような、腕のたつ者が欲しいという、すこぶる勝手な言い分だった。

「よいな。これは神谷のお家のためでもある。頼んだぞ、平蔵」

いまや、忠利はなりふりかまわぬ懇願口調になっていた。

こんな兄の緊迫した表情は見たことがない。

「わかりました。ただ、余人に無理強《じ》いをするわけにはまいりませぬぞ」

「よし、それでよい。それで……」

忠利は満足そうにおおきくうなずいた。

伝八郎がことわるということなど、微塵《みじん》も考えてはいない表情だった。

「ならば、明日の夕刻、味村が船で両国まで迎えにいくゆえ、しかと頼んだぞ。よいな。平蔵」

「船で……」

平蔵が目を瞠ったのを見て、味村武兵衛が膝《ひざ》を押しすすめた。

「さよう。できるだけ目立たぬようにするには船で行くのが一番でござるからな。それがしがご案内つかまつる」

味村がどんぐり眼《まなこ》を糸のように細めてうなずいた。

「委細《いさい》は味村が心得ておる。味村も手勢の一人ゆえな」

「ほう、それは心強うございますな」

味村武兵衛は角顔におおきな獅子《しし》ッ鼻《ぱな》の異形の男だが、心形刀流《しんぎょうとうりゅう》の遣い手でもある。力強い援軍になることはたしかだった。

「たしかに承《うけたまわ》りましたが、いったい何をせよと申されるのですか」

「ううむ……」

忠利、渋面《じゅうめん》になって、しばらく言いよどんだが、

「いまは、しかとは申せぬが、公儀にとってかけがえのない御方の陰守《かげもり》を務めてもらいたいのじゃ」

忠利の口ぶりから察すると、どうやら守るべき人物は、よほどの大物らしい。

三

平蔵が『味楽』にもどると、留守のあいだに伝八郎と新八が訪ねてきて待っていると、お甲から聞かされた。

土間をぬけて裏庭に出ると離れから伝八郎の上機嫌な笑い声が聞こえてきた。波津の笑い声もまじっている。

――あやつめ……、

昨日、めそついていたのが嘘《うそ》のような野放図な声だ。

むかしから、懐がすこしでも温かくなると、途端に元気になるのが伝八郎の癖だ。

どうやら、あの巾着がきいたらしいな。

苦笑しながら敷石に雪駄《せった》を脱ぎ捨て、廊下にあがると、障子をあけて波津が笑顔を見せた。

「あら、平蔵さま……」

新妻らしく、いそいそと平蔵に寄り添うと刀をうけとりながら、

「駿河台のほうは皆さま、お変わりございませんでしたか」

「うむ。嫂上がおまえに会いたがっておられたぞ」

「ま、では早速、おりを見て、お伺いしなければなりませんね」

お甲が気をきかせて酒肴《しゅこう》の用意をしてくれたらしく、伝八郎も新八もだいぶできあがっている。

「ようよう、神谷。ずいぶんと遅かったの。またぞろ兄者に油でもしぼられておったのか。ン」

伝八郎が上機嫌な赤ら顔をふり向けた。

「ちっ。しぼられるほどの余分な脂はつけておらぬわ」

舌打ちして、どっかと二人の前にあぐらをかいた。

「ふふ、婚して間もないご妻女に毎夜毎夜責められていては脂っけがぬけるのも無理ないわ。はっはっは」

伝八郎の下世話な高笑いに波津が耳朶《みみたぶ》まで真っ赤になって、いそいで逃げ出していった。

「それを言うなら矢部さんもおなじでしょう」

笹倉新八が揶揄《やゆ》するように伝八郎を見て、にたりとした。

「雲隠れしていたかと思ったら、いつの間にか三人の子持ちになっていたとは、手妻《てづま》使いも裸足の早業」

「お、おい。それを言うな、それを……なにも、わしが仕込んだわけじゃないぞ」

「なに、どうだか怪しいもんだ。矢部さんの馬力なら双子だって仕込みかねん」

「これだ……」

平蔵は和気《わき》藹々《あいあい》たる二人を見ているうちに気が重くなってきた。

「神谷さん……ご実家で何かありましたな」

新八は極楽とんぼのように見えているが、勘ばたらきは伝八郎よりはるかに鋭い。

「うむ……」

「なんだ、なんだ、神谷。奥歯にものがはさまったような口ぶりだぞ。またぞろ兄者からなんぞ言われたんだな。わしたちみたいな役立たずとはつきあうなとでも言われてきたのか」

「そんなことなら一も二もなくはねつけてやるが、その、逆だ」

「逆？　逆とはどういうことだ」

ここにいたってはだんまりをつづけるわけにもいかない。

「実はの……」

平蔵が陰守を頼まれたいきさつをはなすと、

「ほう、十日で二十五両とは破格だの」

まず、伝八郎が日当で目の色を変え、

「そいつはおもしろそうだ」

新八は絶好の退屈しのぎとうけとって身を乗り出してきた。

「是非、おれも一枚噛《か》ませてもらいたいな」

「そうよ。抜け駆けはいかんぞ、抜け駆けは……」

伝八郎は戦場の先陣争いのように膝をたたいて噛みついてきた。

「神谷平蔵がいくところ、矢部伝八郎ありだ。な、な、そうだろう」

無邪気といえば無邪気だが、本音といえば、これほどまっすぐで素朴な本音はない。

「う、うむ……」

平蔵、思わずジンと目頭が熱くなった。

とはいえ、新八はともかくとして、いまや伝八郎には「ちゃん」と呼んでまつわりついてくる幼児もいれば、赤子を託して茶屋奉公で稼がなくてはならない育代もいる。

忠利のいう身軽とは決していえない立場だ。

「神谷。育代どののたちのことなら心配はいらんぞ」

平蔵の胸のうちを察知したかのように伝八郎がニヤリとした。

「うむ。それはどういうことだ」

新八がにっこりした。

「実は、うちの屋敷の抱え船頭の大嶽が本所の常吉親分とは昵懇《じっこん》の仲でしてね。

今朝、矢部さんが三味線堀にいると聞きこんできたんですよ」

——なるほど……、

笹倉新八が伝八郎といっしょにきたわけが、ようやく飲みこめた。

本所の常吉は岡っ引きだけあって顔がひろいし、耳も早い。

平蔵と伝八郎、それに笹倉新八との間柄もよく知っている。

伝八郎が三味線堀で育代と暮らしていることを小耳にはさんで、大嶽の口を通して新八に知らせたのだろう。

「あの長屋で五人が暮らすには狭すぎると思いましてね。いっそのこと、うちの検校屋敷にこないかと誘ってみたんですよ」

「ははぁ、それで伝八郎が飛びついたというわけか」

「おい、蛙《かえる》や犬じゃあるまいし、飛びついたはなかろう。せめて渡りに舟と言ってもらいたいの」

伝八郎が不服そうに口をとがらせた。

「わかった、わかった。しかし、笹倉さん、一昨日のおみつとかいう女も引き取り、またぞろ五人もとくれば検校どののほうは大丈夫かね」

「なぁに、うちの屋敷の長屋棟には、まだ三つばかり空き部屋がありますからね。

それに女手は何人でも欲しいところです。台所に掃除や洗濯、買い物の使いに縫い物、いくらでもやってもらうことがあるんですよ」

「ははぁ、女子というのは男とちがってつぶしがきくものなんだな」

「神谷さん。江戸というのは女人《にょにん》天下の街なんですよ」

　笹倉新八が一笑した。

「どこの桂庵《けいあん》でも女子の客は大歓迎なんだそうで、若い小娘はもちろんのこと、婆さんは婆さんで足腰さえしっかりしていれば使ってくれるところはいくらでもあるそうですからな」

「おい、伝八郎。聞いたか」

「ううむ。言われりゃ、たしかにそうだのう。げんにわしも日々、せっせと炊事洗濯に励んでおる始末だからな。男でのうてはならんという仕事など、そうザラにはない」

　伝八郎、げんなりしたが、

「おい、神谷。じゃによって、さっきの陰守の口は何がなんでも引き受けるぞ」

　どんと胸をたたいてみせた。

「われに一剣あり、よ」

「よし、それじゃ笹倉さんもいいんだな」

「むろん、おれ一人除《の》けもんにされちゃたまりませんからな」

そこへ波津と、お甲が酒のおかわりを運んできた。

「さあ、今日はじゃんじゃん飲んでくださいね。いい鴨《かも》が手にはいりましたから網焼きにしましたよ」

お甲のお披露目に伝八郎が顔をほころばせた。

「お、寒鴨か。わしの大好物じゃ。冬の鴨はこってり脂がのっておるからのう」

「へええ、矢部さんの好物は鴨よりも脂のほどよくのった年増《としま》じゃなかったんですかね」

新八がまぜっかえしたが、伝八郎は涼しい顔でほざいた。

「なんの、それはそれ、これはこれよ」

どうやら今日の酒は長くなりそうだった。

四

——その夜。

平蔵は波津に二十五両を渡し、陰守のことを告げた。

波津は最後まで口をさしはさむことなく黙って聞いていたが、やがてひっそりと平蔵の胸に顔をうずめてきた。

湯あがりの波津の体は熟れた李《すもも》の実のように甘い匂いがした。

——翌朝、四つ（午前十時）ごろ、小間物売りの男が平蔵を訪ねてきた。

味村武兵衛の配下で藤川俊平《ふじかわしゅんぺい》というその男は、夕刻の七つ半（午後五時）ごろ、両国の薬研堀《やげんぼり》の船着き場に舫《もや》った川船で味村が待っていると告げた。

平蔵は陰守の手勢に伝八郎と新八の二人がくわわったことを藤川俊平に伝えて帰すと、すぐさま文をしたため、市中飛脚を頼んで伝八郎と新八のもとに走らせた。

そのあいだに波津は、いざというときのための羽織袴《はおりはかま》と、当座の下着と足袋《たび》や懐紙《かいし》などを風呂敷に包んで用意してくれた。

遅めの昼飯をすませ、お甲がいれてくれた内湯にゆっくりつかって髭《ひげ》を剃《そ》ったあと、たっぷりと昼寝をした。

だれを守るのかはわからないが、陰守の務めは夜陰《やいん》が勝負になるにちがいないと思ったからである。

七つ（午後四時）すぎに伝八郎と新八が連れ立って味楽にやってきた。

育代や子供たちは八つ（午後二時）ごろに大嶽がわざわざ三味線堀まで川船で迎えにきてくれたという。

伝八郎も検校に挨拶と礼を述べるためついていったが、

「いや、長屋といっても六畳間に四畳半がついておっての。これまでとはおおちがいじゃ。育代どのも早速、およしどのといっしょに台所でマメマメしくはたらいておる」

伝八郎はこれから陰守という物騒な仕事に向かうということを忘れているかのようにうきうきした顔だった。

三人はお甲がだしてくれた団子を食べながらお茶をすすり、一服してから風呂敷包みを手にぶらさげて薬研堀に向かった。

薬研堀は両国広小路の南詰めにある掘り割りで、堀の向こう側は大名屋敷がずらりと連なっている。

隅田川沿いの船着き場に舫っていた一艘《いっそう》の茶船の舳先《へさき》に立っていた船頭が三人を見て笑いかけてきた。

「旦那《だんな》。どこまでいらっしゃるんで……」

見ると今朝、味村武兵衛の文《ふみ》をもって味楽にやってきた藤川俊平だった。

船の胴の間にあぐらをかいた侍が笠をかぶり、鉈豆煙管《なたまめギセル》で莨《たばこ》をくゆらせている。

笠の下から味村武兵衛の角顔がにたりと笑みかけてきた。

五

茶船は米なら百二、三十石を積める荷船で、帆も碇《いかり》もある。

碇をあげた船は隅田川をくだり、永代橋をくぐって江戸湾に出ると、帆を張った。

船頭は藤川俊平だったが、三人の船子がいて竿《さお》さばき櫓《ろ》さばき、帆のあつかいも手馴れたものだった。

味村武兵衛は三人が船に乗りこむと、すぐに忠利から預かってきたといって伝八郎と新八の二人に切り餅をひとつずつ手渡した。

「いやいや、さすがに平蔵の兄者は公儀御目付だけあって気配りにもそつがないわ」

奉書紙の包みを見た途端、伝八郎はえびす顔になった。

「これだけあれば仕舞屋《しもたや》の一軒ぐらい、わけなく買えような」

「よせよせ、おまえが家など買ってみろ。途端に火事に見舞われて灰になるのがオチだ」

「ン。それもそうだの……」

すぐにケロリとして、前言をひるがえすあたりが伝八郎である。

船は石川島《いしかわじま》を左に見て、海岸沿いを西に向かった。

帆を張った茶船は船足も速く、波除稲荷《なみよけいなり》を過ぎると浜御殿を右に見ながら、まっすぐに新堀川《しんほりかわ》の河口に向かった。

彼方《かなた》に増上寺の杜《もり》が黒ぐろと見えてきた。

「おい、いったい、おれたちをどこに連れていくつもりかな」

伝八郎がいぶかしげにささやいた。

「わかりませんか、ほら、あの石垣積みが一段と高くなっている白壁の屋敷に船着き場が見えるでしょう。舳先はあそこに向かっているようですね」

新八がにやりとして目をしゃくってみせた。

「おお、あの両側を水壕に挟まれた屋敷か」

伝八郎があんぐりと口をあけた。

「ずいぶんと、どでかい屋敷だの」

伝八郎が目を瞠ったが、たしかに舳先が向かっている屋敷は左右の屋敷にくらべて格段におおきい。

しかも屋敷の南北に船がはいれるように水壕の入り口がある。

「そりゃそうですよ。なにせ、下屋敷とはいっても御三家ですからな」

「なにぃ、御三家……」

伝八郎が双眸《そうぼう》をひんむいて、味村武兵衛をかえりみた。

「ああ、そのとおりだ。笹倉どのはよくご存じだの」

「なに、わたしは夏になると荷船宿で船をだしてもらって、大嶽といっしょに釣りにでかけますんでね。このあたりから州崎《すざき》にかけては庭のようなものですよ」

胴の間にあぐらをかいて、鉈豆煙管で莨をくゆらせていた味村武兵衛が三人に声をかけてきた。

「あの屋敷は紀州《きしゆう》さまの下屋敷だ。そなたたちは、当分、あそこで過ごすことになる」

「なんだって……」

伝八郎は目をひんむいた。

「お、おい、神谷。紀州さまといえば……」

平蔵、無言でうなずいた。

いま公儀にとって、かけがえのない御方といえば現将軍の家継《いえつぐ》だが、なにぶん家継は八歳という幼少のうえ、生来が病弱で、とても成人するのはおぼつかないと聞いている。

母親の月光院はそれでも都から殿上人《てんじょうびと》の姫を家継の内室に迎えたものの、もとより世子《せいし》が産まれるはずはない。

もし、家継が病没すれば御三家から跡目を迎えることになる。

家格からいえば尾張藩主の継友《つぐとも》で、年齢からいえば水戸藩主の綱条《つなえだ》になるが、幼君の後見人にえらばれたのは紀州藩主の吉宗《よしむね》だった。

ただし、今は亡き六代将軍の家宣《いえのぶ》がもっとも信頼していたのは、尾張の前藩主吉通《よしみち》だったという。

吉通は英邁《えいまい》な資質でもあり、御三家筆頭と家格も申し分がない人物だったらしい。

ところが、その吉通は不運にも正徳《しょうとく》三年の七月に病死し、弟の継友が跡目を継いだ。

兄から聞いたところによると目下のところ、幕閣内では家継の跡目を継ぐ天下人の候補は、紀州の吉宗か、尾張の継友の二人にしぼられているということだった。

――こいつは……、

もしかしたら、飛んで火にいる夏の虫になりかねないぞ。

平蔵は兄から強引に押しつけられた密命を引き受けたことを、内心、ひそかに後悔しはじめていた。

あの出費に吝《しわ》い兄が気前よく大金をはずんだのも当然だと思った。

茶船は外海から江戸湾に寄せては返す波を巧みに乗りきって、紀州家下屋敷の水壕の入り口にぐいぐい近づいていった。

六

「おい、平蔵。こいつは、もしかしたらタナボタものかも知れんぞ」

藺草《いぐさ》の匂いがプンプンする青畳の上に腹ばいになって煎餅《せんべい》をバリバリかじりながら、伝八郎が太平楽にうそぶいた。

平蔵たち三人にあてられた居室は庭に南面した十二畳と、八畳のつづき部屋だった。

布団のあげおろしは内女中がしてくれるし、三度の食事も結構な献立の客分あつかいで、二合の晩酌《ばんしゃく》までついている。

むろん屋敷には檜《ひのき》造りの大きな内湯があって、いつでも都合のいいときに入れる。

下屋敷は家士の数もすくなく、どこに人がいるのかと思うくらい静かで、気味が悪いほどだった。

茶菓は昼前に一度、午後に一度、内女中が運んできてくれる。

平蔵たちの接待役の女中は紀州の女で、口数もすくなく、伝八郎がたまにからかっても口元に袖をあてて笑うだけで、用がすめばすぐにひきあげてしまう。

退屈といえば退屈だが、太平楽といえばこんな太平楽はない。

平蔵は冬日がぬくぬくとさしかける縁側にあぐらをかいて、笹倉新八を相手に碁盤をかこんでいた。

新八は無類の釣り好きでもあるが、囲碁もやれば将棋も指す、暇つぶしの相手にはもってこいの男だった。

井手甚内と五分の腕というだけあって、平蔵がいちおう白石をもっているものの、形勢は芳《かんば》しくない。

伝八郎の気楽な戯言《たわごと》につきあってはいられなかった。

「な、そうは思わんか。もう三日もたつのに陰守どころか、毎日、檜造りの内湯につかって三度の飯つきで、おまけに晩酌までつくとくりゃ、こいつは御《おん》の字だぞ」

伝八郎は煎餅をくわえながら、どたりと大の字に寝ころんだ。

「しかも、こうしているだけなのに一日二両二分の日当とくればありがたすぎて涙がちょちょぎれるというもんよ」

とたんに伝八郎、音も高らかに一発、どでかい屁《へ》をひった。

「あ〜ぁ。これで、さぞ、お退屈でございましょうと、見目よい女中が夜伽《よとぎ》に忍んできてくれりゃ言うことなしだがのう」

平蔵が呆《あき》れて舌打ちしたとき、にわかに屋敷内がざわめいた。

ふだん下屋敷というのは、どこに人がいるのかわからないほど静かなものだが、いまは打って変わって、せわしなく廊下をいそぐ足音や、声高《こわだか》な声が入り乱れて聞こえてくる。

「おい、何があったんだ」

伝八郎がむくりと起きあがったとき、いきなり襖《ふすま》があいて三人の接待役をしている安西喜八郎《あんざいきはちろう》という近習《きんじゅう》がはいってくるなり、

「いま、殿がお成りあそばしました。ご一同にお目通りなされるとのことゆえ、ただちに欅《けやき》の間までお越しください」

うわずった声でせき立てた。

「なにぃ。殿というと、もしかして吉宗公のことか」

伝八郎はあいかわらず間がぬけたことを言う。

「バカ。きまっとろうが」

平蔵、すぐに碁石を片付けると、部屋の隅の衣紋《えもん》掛けにかけてあった仙台平《せんだいひら》の袴を身につけ、黒足袋を白足袋に履きかえると、脇差しを腰に手挟《たばさ》み、ソボロ助広を手に携えた。

伝八郎はあたふたと袴に足を通しながら、にんまりした。

「おい、こりゃ、もしかしたら酒宴をひらいて接待酒でも飲ませてくれるのかも知れんの」

どうやら伝八郎の脳味噌には酒と女のことしかないらしい。

ともあれ三人は身支度をととのえると、いそいで廊下に出た。

廊下を突き当たり、曲がったところで、向こうのほうから裁着袴《たつつけばかま》に漁師が使うような蓑《みの》を肩につけたままの六尺豊かな異形の大男が、留守居役の老人を従えて大股《おおまた》で近づいてくるのが見えた。身なりからすると船を使って乗りつけてきたのだろう。うしろに数人の近習らしい侍を従えていたが、いずれも綿服に小倉《こくら》の袴という質素な身なりだった。

大男は歩をとめることなく肩の蓑をはずし、無造作に留守居役の稲森勘左衛門《いなもりかんざえもん》に手渡すと、ふと足を止めて平蔵たちのほうに目を向けた。

色黒の痘痕面《あばたづら》だが、双眸に威風がある。

平蔵はとっさに片膝をついて迎えた。

そうせずにはいられない威厳を大男から感じたからである。

ついてきた新八も、伝八郎もいそいで、平蔵にならって片膝ついて頭をさげた。

平蔵の目の前に影がさし、おおらかな声が降ってきた。

「よいよい、頭をあげよ。わしが吉宗じゃ」

「ははっ」

平蔵は腰を起こし、目の前の巨漢を見あげた。

「おう、忠利によう似ておるわ。そちが神谷平蔵だの」

ぎょろりとした双眸に笑みをたたえ、吉宗はおおきくうなずいた。

「うむ。よい面構えをしておる。ふふふ、忠利とは兄弟とはいえ、だいぶんにちがうのう」

「恐れいります」

「そこのおおきいのが矢部伝八郎、いま一人が笹倉新八だな」

一人ずつ、たしかめるような眼差しをそそいで、

「平蔵は馬には巧みだとは忠利から聞いておるが、伝八郎と新八はどうかな」

「それがしは、かつては馬廻り役を務めておりました」

笹倉新八が胸をはって返答した。

「うむ。伝八郎はどうじゃな」

「それがしも、かつて神谷家の馬場で平蔵と競いあっておりましたゆえ馬はお手のものでござる」

「よしよし。さすがは忠利がえらんだだけのことはあるの」

吉宗は満足そうにうなずいた。

「四半刻後に出かけるゆえ、屋敷の馬房にいって乗り馬をえらんでまいるがよ

い」

お目見《めみえ》をおえた平蔵たち三人が部屋にもどると、安西喜八郎が手回しよく、編み笠と無紋のぶっさき羽織、裁着袴から皮足袋まで用意してくれていた。

しかも、いつの間に計ったのか、裁着袴や足袋の寸法もそれぞれ三人にあわせてあった。

早速、着替えて両刀を腰に帯び、喜八郎の案内で馬房に向かうと、味村武兵衛が馬に跨《また》がり、出迎えてくれた。

「おぬしたちの馬もえらんでおいた。矢部どのはあれがよかろう」

馬廻りの侍が手綱《たづな》を引いている三頭のうち、いくらか馬体のおおきな鹿毛《かげ》を鞭《むち》でしめした。

「あれなら矢部どのを乗せてもつぶれまいと思ってな」

「ははぁ、牝《めす》ですな」

「ふふ、牡《おす》がよかったかの」

「いやいや、なにせ日ごろから牝に乗りなれておりますからな」

伝八郎、涼しい顔でほざいた。

七

吉宗の供奉《ぐぶ》の侍は五人、それに味村武兵衛と平蔵たち三人をふくめた十騎は一団となって紀州家下屋敷を出ると、金杉橋《かなすぎばし》を渡って東海道を南下していった。

先駆けは江戸の地理にくわしいことを買われてのことだろう、徒目付の味村武兵衛がつとめていた。

「おい、いったい、どこまでいくのかね」

伝八郎が馬をよせてくると、平蔵にささやきかけた。

「まさか、このまま東海道をのぼるわけじゃなかろうな」

「いいじゃないか、こっちは日雇いの身だ。どこだろうとついていくまでさ」

「それにしても、おどろいたな」

「なにが……」

「吉宗公の手綱さばきよ。ありゃ殿様芸なんてもんじゃない。たいしたもんだぞ」

「知らんのか、あの御方は若いころは跳ね馬と仇名《あだな》されたほどのやんちゃで、紀州の山野を馬で駆けまわっていたと聞いたぞ」

「ふうむ。跳ね馬か……」

「おい、むやみに口にするなよ」

「おう、それぐらい心得ておるわ」

街道を往来する人びとは騎馬の一行に道をゆずりながら、首をかしげあってい る。

まさか、この一行に将軍の後見人がまじっているなど思いもよらないにちがいない。

──なるほど……、
陰守はこのために備えてのものだなと、平蔵はようやく忠利の意図がわかってきた。

──それにしても、
吉宗公はなんのために身分を秘してまで、どこに向かおうとしているのだろう。

供奉の五人の侍は紀州藩でもよりぬきの遣い手だろうが、道場剣術と真剣をとっての修羅場とは雲泥の差がある。

──いざとなると、

頼りになるのは味村武兵衛と、平蔵たち三人ということになりかねない。もし、曲者《くせもの》の集団にでも襲われたら、無事ではすむまい。

――こいつは大変な仕事を押しつけられたものだ。

平蔵は全身に鋭い緊張感が走るのをおぼえた。

八

一行は薩州《さつしゅう》家の蔵屋敷を通りすぎ、海岸沿いの街道をさらに南下し、芝田町《しばたまち》九丁目から右折すると伊皿子坂に向かった。

伊皿子坂は別名を潮見坂《しおみざか》ともよばれ、江戸湾を一望する伊皿子台町の高地にいたる坂道で、そのまま直進すれば魚籃坂《ぎょらんざか》をくだって古川《ふるかわ》につきあたり、右折すれば聖坂《ひじりざか》の急坂をくだって三田《みた》の町家に出る。

また、左折すれば二本榎《にほんえのき》の町家をぬけ、新坂《しんざか》をくだれば品川《しながわ》宿にいたるという高輪《たかなわ》台地の突端にあたる地点でもある。

味村武兵衛の馬は伊皿子のだらだらとつづく坂を登りつめると、ふいに馬首をかえし、左折して二本榎のほうに向かった。

左折してすぐの右手に細川越中守《ほそかわえっちゅうのかみ》の中屋敷がある。

味村はその中屋敷の前で、ふいにまた左折して路地にはいった。

供奉の侍も味村につづいて、つぎつぎに路地にはいっていく。

——いったい、どこにいこうというんだ。

このあたりは赤穂《あこう》浪士が討ち入り後に主君の墓参をしたというので一躍有名になった泉岳寺《せんがくじ》をはじめ、大小さまざまな寺がひしめきあう寺町である。

路地にぬけ道でもあるのかと思っていたら、つきあたりに立派な寺門があり、味村はその寺門の前で下馬し、一行を待ちうけていた。

左側には下高輪台町の町家との境目の土塀がのびていて、右側には保安寺《ほあんじ》の土塀が甍《いらか》をつらねている。

味村が下馬した寺門の扁額に［長應寺《ちょうおうじ》］の寺名があった。

この長應寺は徳川家康《いえやす》が江戸に入府したときに浜松から伴ってきた高僧のために建立された由緒ある寺で、家康もしばしば訪れたという徳川家ゆかりの名刹《めいさつ》でもある。

正門は伊皿子坂に面しているから、この寺門はおそらく裏門のひとつなのではあるまいか、と平蔵は思った。

吉宗の来訪はあらかじめわかっていたとみえ、長應寺の僧侶たちが門前に出迎え、吉宗が到着するや丁重に辞儀をして門内に案内した。

随行の者も門前で下馬し、手綱をとって門内にはいっていった。

長應寺の境内《けいだい》は小大名の屋敷に匹敵するほど広いものだった。

吉宗は近習二名をともない、本堂の横にある庫裏《くり》に向かった。

庫裏の前には先に到着していたらしい立派な塗り駕籠《かご》が乗りつけられていたところを見ると、吉宗はその駕籠で訪れた客と面談するために出向いてきたのだろう。

塗り駕籠のそばに四人の駕籠かきの奴《やっこ》と二人の供侍がひかえている。

残りの供奉の者は境内の一隅にある馬柵《ませ》に手綱を結わえ、吉宗がもどるのを待った。

味村武兵衛は土塀のそばの松の根っこに腰をおろし、裁着袴の腰帯にたばさんであった鉈豆煙管をぬきとると、莨入れから火縄と刻み莨をつまみだして火を吸いつけた。

平蔵、伝八郎、新八の三人はどちらかというと外様《とざま》だけに味村武兵衛に近づくことになる。

「あの塗り駕籠の客は何者かの」

伝八郎が聞くと、

「よけいな詮索《せんさく》はせぬがよい。われらはどこまでも陰守に徹することだ」

味村はにべもなく、ぷかりと紫煙をくゆらせた。

「とはいえ、何者を相手の陰守か知らいでは身がはいらぬではないか」

伝八郎は押し強く、問いただした。

「なるほど、それもそうだの……」

味村は苦笑して、三人を見渡し、声をひそめた。

「いま、上のほうでは八代さまをだれにするかで、ひそかにもめておることは知っておるか」

「ああ、平蔵からあらましのことは聞いておる」

「うむ、ならば、はなしは早い……」

味村は一段と声を落とした。

「このところ上様の容態《ようだい》はすこぶる芳しくない。とても夏まではもつまいということだ。……となると、紀州さまか、尾張さまかということになる」

「水戸さまはどうなんだ」

「そなたらは知らんだろうが、権現《ごんげん》さまの遺言での。水戸家は光圀《みつくに》公のころから副将軍としてあつかわれてはいるものの、上様の世継ぎがないときは、まず紀尾《きび》両家から世継ぎを出すようにという定めになっておってな」

味村武兵衛は莨の吸い殻《がら》をはたいて足で踏み消すと、さらに声音《こわね》をひくくした。

「ま、この両家からどうしても世継ぎを出せぬときは水戸さまが浮上することになるが、六代さまがご他界のおり、幼い上様の後見人に吉宗さまがえらばれたことで、まず水戸さまの目はなくなったようなものよ」

「ふうむ。むつかしいものだの……」

伝八郎がうんざりしたように口をひん曲げた。

「ならば、もはや吉宗さまできまったようなものではないか」

「ふふふ、ことは天下人にかかわることだ。そうは問屋がおろさん」

「ほう、つまりは尾張の継友公にも目があるということか」

平蔵が口をはさんだ。

「うむ。なにせ、尾張家は御三家筆頭の格式にありながら一度も天下人を出してはおらぬ。しかも、尾張家の先代の吉通公は六代さまの信頼も厚く、英邁の質だったことは天下周知のことでな。もし、ご存命ならおそらく吉通公にお鉢がまわってきたであろうな」

味村武兵衛はゆるりと腰をあげ、ちらりと吉宗の近習たちのほうに視線を走らせると、かたわらに見事な枝振りをひろげている黒松の巨木に手でふれた。

「なんと見事なものよのう。この幹肌の荒々しさといい青苔《あおごけ》のつきぐあいといい、古木ならではのものじゃ」

のんびりと松を観賞しているようなふりをしてみせながら、

「ゆえに尾張どのとすれば、いまをはずせば二度とお鉢はまわってはこぬ。藩をあげての切なる願望というところだろうな」

「しかし、味村さん。ふつうなら御後見の吉宗さままできまりというのが道理というものでしょう」

新八が明快に言ってのけた。

「なに、権力の前には道理というものなど屁の河童《かっぱ》、すんなり通らぬものと相場はきまっておる」

味村武兵衛はいとも簡単に一蹴《いっしゅう》した。

「なればこそ、いずこの藩でも内紛が絶えぬのよ」

味村のどんぐり眼がぎょろりと光った。

「それにな……吉宗公には、どうしても出自《しゅつじ》の弱みがついてまわるゆえな」

「出自……」

「うむ。しかとしたことはわからぬが、公の御生母はお由利《ゆり》の方と申されるが、彦根《ひこね》の町医者の娘だったとか、はたまた熊野《くまの》巡礼の娘だったなどという噂《うわさ》もあるように定かではない」

「馬鹿馬鹿しい」

平蔵は一言のもとに吐き捨てた。

「それを言うなら上様の御生母の月光院さまも元は町家の娘だったし、五代さまも横すべりの口、六代さまも横すべりで、直系の世子は四代さままでということはだれでも知っていることだ」

「しっ。声が高い……」

味村がいそいでたしなめたが、近習たちは彼方の伽藍《がらん》の敷石に腰をおろして、なにやら談笑に余念がなかった。

「とは申せ、尾張の継友公は兄君が果たせなかった天下人の座に執念をもやされておってな。また、それに厄介な策士がくっついておるのよ」

「策士……」

「うむ。これが諸岡湛庵という男での。市ヶ谷の左内坂に［湛庵寓居］などというもったいぶった屋敷を構え、算用指南とやらを売り物にしておる」

「算用指南……つまりは算盤塾《そろばん》でもしておるのか」

「なんの、そんなつましいものではのうて、江戸市中の富商や、大名家に出入りして借財の整理を引き受けたり、資産の運用を請け負ったりして羽振りをきかせておるらしい」

「なんだ。算用指南などとおおげさなことを言っても、所詮、早いはなしが、うちの検校どののようなものではありませんか」

新八が一蹴《いっしゅう》した。

「いやいや、ところが、こやつ、なかなかの策士での。いまや尾張家の財政にまで食いこんで、あげくに継友公を天下人に押しあげる画策にまでたずさわっておるふしがある」

「ふうむ。よほど弁舌のたつ男のようだな」

「うむ。しかも、こやつ、加賀《かが》藩牢人などと申しておるが、これが真っ赤な嘘でな。かつては岸和田《きしわだ》藩の軽輩から郡代にまでのしあがったという、なかなかの切れ者だったのよ」

「岸和田といえば紀州家の隣藩ですな」

「うむ。そのとき紀州藩と岸和田藩とのあいだに国境の線引きをめぐって争いが生じて、その矢面《やおもて》に立ったのが郡代の諸岡での。なに、たいしたことではなかったが諸岡が強硬に言い分を通そうとして紀州藩が臍を曲げ、のっぴきならなくなったらしい。結果、紀州藩のほうに分があるということになり、諸岡は藩主の咎《とが》めをうけて牢人する羽目になったということだ」

「なるほど、その恨みが尾を引いて、何がなんでも継友公に肩入れしているということか……」

「ま、あらましは、そういうことよ」

味村武兵衛は一息いれると、また銃豆煙管をくわえた。

そのとき、庫裏から華やかな色彩がこぼれ、僧侶に見送られて侍女をしたがえた見目うるわしい上臈《じょうろう》が姿を見せたかと思うと、塗り駕籠のなかにするりと消えてしまった。

「ありゃ、大奥の御局《おつぼね》らしいの……」

伝八郎が呆《ほう》けたような目で見つめた。

「なんと艶《あで》やかなものじゃ。ううむ、一夜でよいから、あんな上玉と閨《ねや》をともにしたいものよ」

「きさま……」

「わ、わかっておる。みなまで言うな。わしは育代どので充分に間にあっておる。ただ、ちょいと言うてみただけのことよ」

「なんだ、間にあっておるとは……まったく、きさまときたら見境なしだな」

塗り駕籠は四人の中間《ちゅうげん》にかつがれてゆったりと境内を横切り、裏門のほうに去っていった。

どうやら、それが吉宗の会談の相手だったらしく、それから間もなく吉宗が庫裏から姿をあらわした。

九

下屋敷にもどってから聞いた味村武兵衛のはなしによると、あの垣間見た上臈は、六代将軍・家宣の正室だった天英院《てんえいいん》の信頼厚い年寄だということだった。

大奥の年寄といえば、老中に匹敵する権勢をもっている。

「つまり、吉宗公は天英院さまと組んでおられるということか」

伝八郎は晩酌の盃《さかずき》を干しながら、柄にもなく穿《うが》った推測を披露した。

「ま、おそらくはそうだろうが、われらにはかかわりのないことだ。よけいなことを口にすると首が飛ぶぞ」

平蔵は塩焼きの小鯛《こだい》に箸をつけて、伝八郎に念をおした。

「ま、ま、それはわかっておる。……が、わしは身びいきぬきで吉宗公に肩入れするのだ」

「おれもおなじだ」

新八も明快に同意した。

「もう、へなちょこの横すべりの公方《くぼう》さまなど御免ですね。あの土の臭いがプンプンするような紀州公に惚《ほ》れましたよ」

「うむ。もう、商人《あきんど》全盛の世の中には、いい加減、飽き飽きしているからな。尾張の継友どのがどんな人物かは知らんが、算用指南などという算盤牢人が肝煎《きもい》りしているようじゃ、たいした代物じゃなかろう。尾張が天下をとれば、どうせ、その算盤野郎が幕閣を賄賂《わいろ》責めにして甘い汁を吸いにかかるにちがいなかろうよ」

またたくまに三人は衆議一決した。

「あぁ、あ……」

徳利の酒が切れたところで伝八郎はどでんと仰向けになり、得意の嘆き節をもらした。

「早くお役御免にならんかのう。きさまたちと面つきあわせているより、わしゃ育代どのの……あ〜ぁ、思うただけでたまらんわ」

「こいつ……まったく盛りのついた牡牛《おうし》だな」

「ひとつ棹《さお》に水でもぶっかけてやりますか」

新八が盃洗《はいせん》の大鉢を手にして笑った。

「そいつはいい」

「お、おい。よさんか」

伝八郎、泡を食って跳ね起きた。

十

数日は何事もなくすぎた。

平蔵と新八は連日のように碁盤をかこんで日をすごしているからいいが、伝八郎は巨軀《きよく》をもてあまし、ごろごろ寝てばかりいる。

「おい。庭でも散歩してきたらどうだ。ここからなら富士の山もよう見えるぞ」

「よしてくれ。わしは風流にはとんと興味がない」

伝八郎がにべもなくはねつけたとき、襖があいて味村武兵衛がのそりと姿を見せた。

「どうやら退屈の虫をもてあましているようですな」

どっかとあぐらをかくと莨盆を引きよせ、鉈豆煙管を口にくわえた。

「そろそろ、貴公たちの陰守も大詰めを迎えそうですぞ」

「ほう……」

味村が懐から一枚の人相書きをとりだし、畳にひろげた。

「こいつは八丁堀の斧田どのから貴公らに見せてもらいたいと渡されたものでな。おみつとやらいう夜鷹《よたか》を牢人者に襲わせた首謀者はこいつらだそうだ」

「なにぃ」

「どれどれ……」

平蔵と新八がのぞきこんだ。

人相書きには二人の牢人者の顔が描かれている。

一人は顎《あご》が長い馬面の男で、もう一人はやや丸顔だが小鼻の脇におおきな黒子《ほくろ》がある。

「その馬面のほうが宍戸半九郎。黒子のやつは刈部庄助というらしい」

ふいに横合いからのぞきこんだ伝八郎が、

「おっ！　こやつ、見覚えがあるぞ」

人相書きをひったくって、おおきくうなずいた。

「まちがいない。育代どのに無体をはたらこうとしたやつだぞ。この馬面は一度見たら忘れん顔だ」

「あ……」

ふいに平蔵が目を瞠った。

「そういえば……育代どのをおぶって三味線堀にさしかかったとき船着き場からあがってきた牢人者の一人が、こんな馬面だったな。たしか、あのときの育代どののようすがすこしおかしかった」

「味村どの。こいつら、いま、どこに……」

「それがわかれば斧田どのがとうに捕縛しておる。あの夜、この二人が猪牙舟《ちょきぶね》で逃げるのを配下の下っ引きが追いかけたそうだが、船足が速くて逃げられてしまったらしい」

「しかし、あの夜鷹の命を狙ったのは暗闇坂の付け火とかかわりがあるからでしょう」

「むろん、斧田どのもそう見ているようだ」

「左内坂……」

平蔵がポツンとつぶやいた。

「なにぃ、左内坂というと、……味村どのがもうしておった諸岡湛庵の」

「ああ、尾張に肩入れして画策しているやつがいるとしたら、諸岡湛庵しかない。やつは紀州藩に恨みがあるわけだからな」

平蔵はおおきく腕組みした。

「おれが斧田さんに聞いたところによると、暗闇坂の付け火の前日にあった赤坂の火事で新町の井村屋という呉服屋に強盗が押し込み、五千両もの大金が強奪されたらしい。それも、火消し頭巾《ずきん》に黒装束というものものしい身支度だったそうだ。こんな用意周到なことができるのはタダものじゃない」

「というと、黒幕は、その諸岡か……」

「うむ。おそらくな。左内坂といえば市ヶ谷御門の前、尾張家のすぐ裏手だ。あのあたりは寺社地だから町奉行所の管轄外になる。悪党どもが塒《ねぐら》にするにはもってこいの場所だろう」

「ふうむ。たしかに盲点だな」

「味村さん。その諸岡湛庵という男、尾張藩と縁の深い材木問屋とかかわっちゃいませんか」

「あるとも、おおありだ。諸岡湛庵は美濃屋仁左衛門《じんざえもん》という材木問屋を通じて尾張家に出入りするようになったと聞いている」

「ふうむ。おそらく美濃屋は連日の大火で大儲《おおもう》けしたにちがいないな。むろん、その金を幕閣や大奥にばらまいて継友公の尻押しに使っているとみていい」

「ああ、まずまちがいないな。美濃屋仁左衛門は尾張家御用達《ごようたし》を足がかりに巨富を築きあげた商人だからな。継友公を天下人にできれば公儀御用はまちがいなく美濃屋の独壇場になるだろうよ」

平蔵は人相書をピンと指ではじいた。

「おおかた、こいつらは諸岡湛庵の使い奴のようなものよ。おそらく用がすめば、湛庵にあっさり消されるだろうな」

「くそっ。その前にわしがぶった斬ってやる」

伝八郎が目を怒らせて吠《ほ》えた。

十一

――ほう、湛庵先生、これはまた、なんとも艶《つや》っぽい絵ですな。

――ふふふ、美濃屋仁左衛門も、まだまだ生臭さがぬけぬとみえる。

――これは朱実どのを描かれたものですかな。

――うむ。大和守さまに献上する前に一筆残しておこうかと悪戯《いたずら》してみたまでのことじゃ。

――ご秘蔵の沙織さまの美しさは格別ですが、この朱実さまのほうが色気では勝りましょう。浴衣《ゆかた》の腰まわりのふくらみ具合はなんともいえませぬよ。浮世絵の版元が見たら目の色変えて飛びついてきましょうぞ。

――よければ美濃屋どのの土産にしてもよいぞ。

――いやいや、わたしは絵よりも生身の女子のほうが好みでしてな。

――女子より黄金はさらに好ましいのであろう。

――それはもう、……女子はいずれ年をとりますが、黄金は年をとりませんからな。

――ふふふ、ところで大奥のほうの手配りはいかがかな。

――うむ。そのことですが、月光院さまのほうは心配いりませんが、天英院さまがなかなか難攻不落、それにちかごろは水戸さまが天英院さまと近しくしておられるらしく、打つ手に困り果てておりますよ。

――ふうむ。……なるほど天英院さまは、もともと月光院さまとはウマがあわぬらしいゆえな。

――なんといっても天英院さまは文昭院《ぶんしょういん》（家宣）さまの御正室。世子をもうけられたとはいえ月光院さまは商人の娘で側室。ウマがあうはずがございません。

――しかし、出自をいうなら吉宗の母親とて下賤《げせん》の生まれ、とても天下人に仰ぐにはふさわしいとは申せぬ。

――たしかに、たしかに……とはいいましても、いまは上様御後見役。水戸さまが紀州さまを、と思われるのは、そのあたりではありますまいか。

――老中方の根回しはどうなっておるのかな。

――はい。まず大和守さまは心配ありませんが、ほかの方がたはなかなかに……。

——間部越前《まなべえちぜん》のほうはどうじゃな。

——むろんのこと、月光院さまとは夫婦《めおと》も同様の間柄のようですから、尾張さまをおしていただけると思っておりますが……。

——ふふふ、夫婦も同様の仲とは呆れたものじゃな。

——なにせ、上様がお二人で仲良く炬燵《こたつ》にはいっておられるのをご覧になって、二人は夫婦雛《めおとびな》のようじゃなと申された由《よし》にございますからな。大奥にことわりなく出入りできるのは間部さま御一人だけと申しますから、まずは噂どおりでございましょう。

——ま、月光院さまも、まだまだ枯《か》れるには早い年ごろ、火遊びしたくなるのも無理からぬことよ。

——ところが、このところ、そのことで間部さまもご用心なされてか、大奥に足を運ばれるのも間遠になっておられるらしゅうございます。

——ふうむ。となると頼りは月光院さまと、大和守だけということか。

——さよう。このぶんでは継友さまの目は日一日と遠のくような気がいたしますな。

——ちっ！　美濃屋らしくもない弱気なことじゃ。ここまできて、いまさら吉宗にさらわれでもしたら身も蓋《ふた》もないわ。

――それは、たしかに……。

――なんの、案じるにはおよばぬ。そういうこともあろうかと、かねてより策は立ててある。

――策、と申しますと……。

――ま、わしにまかせておくがよい。わしとそちとで天下を牛耳《ぎゆうじ》ってみせようぞ。これまで、そちが幕閣に投じてきた黄金、層倍にしてもどしてくれよう。

――それは楽しみでございますな。

――ふふふ、ま、せいぜい長生きすることじゃな。継友さまを天下人にしたあとは南蛮との交易の道もひらけよう。そうなれば、まだまだおもしろいこともできるというものじゃ。

――そのためには黄金など惜しみませぬぞ。

――うむ。権力は黄金を生み、その黄金が権力を動かす。これが天下の算用というものよ。のう、美濃屋。

――そのこと、そのこと……。

――ふふふふふ……。

——どれ、一服たててくれよう。

——いただきましょう。

十二

その日の夕刻、七つ（午後四時）ごろ、平蔵たちがそろそろ夕餉《ゆうげ》の膳につこうかというとき、突如、味村武兵衛がやってきた。

吉宗が急遽《きゆうきよ》、出かけるという。

いそいで馬房に走り、馬を引きだして玄関前にいってみると、すでに吉宗は近習たちとともに馬上で待っていた。

「七つ半までには長應寺につきたい。よいな」

そう言うと吉宗は一鞭くれて馬で駆け出した。

平蔵たちもいそいであとを追った。

金杉橋のあたりで追いついた味村武兵衛が先頭に立ち、一団となって東海道を南下していった。

砂浜の向こうに夕日が赤々と燃えていた。

平蔵は先頭の味村武兵衛に並びかけ、

「このぶんでは帰りは暗くなりますぞ」

「やむをえぬ。帰りはゆるりとすればよかろうよ」

味村が苦笑した。

「なれど、陰守も今日が最後ということじゃ。明日にはひさしぶりにご妻女の顔が見られようぞ」

「ははぁ、伝八郎めが喜びますな」

「平蔵どのとておなじでござろう。どちらも婚して間もない夫婦ではござらんか」

「なに、それがしは半年もたっておりますからな。それに、いまは焼け出されの居候《いそうろう》、とても我が家という気にはなれませぬ」

馬首をかえして伝八郎のそばにもどり、

「おい。どうやら、明日には育代どのの顔が拝めるらしいぞ」

「お、そりゃまことか」

途端に顔をほころばせた。

伝八郎はまだまだ新婚気分でいるらしい。

――無理もないか、あの狭い長屋住まいではろくに睦《むつ》みあうこともできなかったからな。

そう思うと、伝八郎の逸《はや》る気持ちもわからなくはない。

日暮れ近い街道は通る人もまばらになりつつあった。

馬を飛ばしてきたせいで、七つよりはだいぶ前に長應寺につくことができた。

庫裏の前に塗り駕籠が一挺《ちょう》、それに数人の侍が佇《たたず》んでいた。

どうやら、それが吉宗が会う客の供侍らしい。

僧侶に迎えられた吉宗が庫裏に消えるのを見送り、馬に水をやった。

夕餉をとっていないせいか、腹の虫がさわぎはじめた。

味村武兵衛はいつものように銃豆煙管を出して、紫煙をくゆらせはじめた。

このあたりは寺町のせいか、人通りもすくなく、寂《せき》として静まりかえっている。

「今夜が最後となると、なにやらつまりませんな」

新八が苦笑した。

「ふふふ、そんな暢気《のんき》なことを言っていると、帰りに化け物が出るやも知れんぞ」

冷やかしたが、まさか、それが現実になるとは、このとき平蔵は思いもしなかった。

小坊主がおおきな土瓶《どびん》に番茶をいれて運んできてくれた。

「さすがは寺だの。酒のかわりに番茶か……」

伝八郎がぼやいたが、茶腹も一刻《いっとき》ということもある。

足下から寒気がはいのぼってくるなかで、熱い番茶は腸《はらわた》にしみわたるほどうまかった。

半刻ほどして、庫裏から吉宗が、一人の身分卑《いや》しからぬ老人と談笑しながらあらわれた。

老人が駕籠に乗るのを見ていた味村武兵衛がぼそりともらした。

「あれは山城守《やましろのかみ》さまだな」

「というと、ご老中の……」

「うむ。どうやら幕閣のまとめがおわったようだの」

老中で山城守といえば戸田《とだ》山城守のほかにない。老中のなかでも気骨の人として聞こえている。吉宗が幕閣のなかで、もっとも信頼している人物だと、兄の忠利から聞いたことがある。

今夜で陰守の役がおわったことを平蔵は肌で感じとった。

戸田山城守の駕籠がゆっくりと長應寺の表門から出ていくころ、吉宗の一行も馬に乗って帰途についた。

吉宗は来るときとは打って変わって、表情がやわらいで見えた。

すでに伊皿子坂は、深い闇にとざされつつあったが、寒月のほのかな光が、坂道をしらじらと照らしていた。

先導の味村武兵衛は馬の歩みをおさえつつ、長いだらだら坂をゆっくりくだっていった。

近習と伝八郎に前後を守られた吉宗がそれにつづき、平蔵は後詰《ごづ》めとして最後尾から馬をすすめていた。

坂の片側には大番組の組屋敷の瓦《かわら》屋根が寒月に照らされて静まりかえっていたが、ところどころにほのかな灯りももれていた。

大番組の多くは四、五百石取りの旗本で、将軍直属の騎馬隊だが、泰平の世では文官の書院番や小姓組番の両番組が重用され、大番組は出世の蚊帳《かや》の外におかれている。

そのため馬を手放し、馬房もつぶしてしまう者もすくなくなかった。

それでも、ところどころから馬のいななきが聞こえてくるのは、多少は骨のある旗本が残っているのだろう。

一行が坂の中腹にある寿福寺《じゅふくじ》の門前にさしかかったときである。

ふいに矢唸《やうな》りが闇をつんざくと、味村の乗馬がガクンとつんのめり、前足を折って転倒した。味村はたまらず投げだされるように落馬した。

つづいて二の矢、三の矢がたてつづけに一行を襲った。

矢は馬を狙ってきていたが、その一矢が一人の近習の首を射抜き、血しぶきが夜空に噴出した。

馬は近習をふり落とし、坂下に向かって狂奔《きょうほん》していった。

「伝八郎！　吉宗公を頼むっ」

平蔵は怒鳴りながら馬を飛びおりると、馬に鞭をくれて追いやり、寿福寺の土塀に身を寄せ、坂の上下に目を走らせた。

新八は早くも下馬し、刀を抜きはなっている。

近習の一人が乗った馬が制御できず、坂を暴走しだした。ふたたび矢唸りがして、暴走する馬の手綱を引きしぼろうとしていた近習の背中を矢が貫いた。

すでに三人の戦力を失い、残るのは平蔵、伝八郎、新八の陰守三名と、近習二名だけだ。

伝八郎が飛来した矢を刀で払い、吉宗の前に仁王立ちになって怒号した。

「何者だっ。面《おもて》を見せろっ！」

その声と同時に、前方の町家の路地から黒装束に身をつつんだ曲者《くせもの》が数人、刃《やいば》をつらねて坂を駆けあがり、吉宗めがけて殺到してきた。

それを見て新八が一気に坂を駆けくだり、曲者に襲いかかっていった。

キラッ、キラッと白刃《はくじん》が煌《きら》めいたかと思うと、二人の曲者がのけぞり、つんのめって坂の左右に転倒するのが見えた。

伝八郎が殺到する曲者を豪快な刃で左右に斬り伏せた。吉宗も佩刀《はいとう》を手にしてはいたが、慌てているようすはなかった。

平蔵が背後に目を配りながら吉宗のほうに向かおうとしたとき、坂の上から黒雲のように湧《わ》きあがる十数人の曲者が見えた。

平蔵はすぐさま坂道に立ちはだかって新手を迎え撃った。

曲者の集団は無言のまま、左から斬りかかってくるかと思うと、一転して右から襲いかかってくる。

——車がかり、か。

とっさにそう判断した平蔵は寿福寺の土塀前に身を移した。

土塀を背にすることで、背後を気にせず刀をふるうことができる。

伊皿子坂の道幅はそれほど広くはない。平蔵を倒さないかぎり、吉宗に近づくことはできないはずだ。

焦《あせ》った曲者の集団が怒声を発し、つぎつぎに間をおかず斬りかかってくるのを、平蔵は腰をすえて瞬時に身をかわし、左右に斬り伏せた。

曲者の切っ先が平蔵の左脇腹を掠《かす》め、着衣の脇の下が石榴《ざくろ》のようにパックリと割れた。皮肉を切り裂かれたらしく、血潮がじわりと着衣に染みこんでくるのがわかったが、痛みは感じなかった。

新八が坂を駆けあがり、平蔵の加勢にくわわった。

「おい。ここはいい。それより吉宗さまを頼む」

「なに、向こうはあらかた片付けました。矢部さんだけで大丈夫です」

笑いかけようとした新八の背後から一人の曲者が切っ先をまっすぐ突き出して突進してきたが、新八は身を低く沈めるなり、刃を下から跳ねあげた。

切っ先が曲者の頸筋《くびすじ》を斜めに斬りあげた。血しぶきを噴きあげてつんのめってきた曲者の肩を新八は足で蹴りつけた。

噴血が平蔵にまで降りそそぎ、頭から蘇芳《すおう》を浴びたように赤く染まった。

新八の顔も鮮血で染まり、鬼夜叉《おにやしゃ》のように見える。

「退《ひ》けっ！　退けっ！」

曲者の一人が怒号したかと思うと、残党は素早く坂上の闇に遁走《とんそう》していった。

「おのれっ」

追いかけようとした新八を平蔵がおしとどめた。

「やめておけ。おれたちは吉宗公をお守りするのが役目だ。ここを離れるわけにはいかん」

「それもそうですな」

あっさり引き返した新八は坂のあちこちに倒れている曲者の覆面をつぎつぎに切っ先で跳ねのけながら、舌打ちした。

「ちっ、どうやら、例の人相書の馬面と黒子野郎はいないようですね」

「なに、穴にもぐりこんだ鼠《ねずみ》はいずれ這いだしてくるさ。しかし、この闇討ちの黒幕は左内坂の諸岡湛庵というやつらしいが、まだ影も見せておらん。この凶変の根はまだまだ奥が深いぞ」

平蔵は懐紙をとりだし、刃の血糊《ちのり》をぬぐいつつ、死屍《しし》累々《るいるい》たる伊皿子坂を見おろした。

立っているのは吉宗と伝八郎、それに平蔵と新八の四人だけだった。

近習の一人が刀を杖に立ちあがろうとしたが、足をやられたらしく、がくりと膝を折ってしまった。

あとの近習は路上に倒れたまま身じろぎもしなくなっていた。

味村は落馬したとき足首を痛めたとみえ、刀を手にしたまま寿福寺の土塀にもたれていた。

平蔵と新八は血糊をぬぐった刀を鞘《さや》におさめると、吉宗と伝八郎のほうに向かって坂をくだっていった。

坂の上から数人の平服の侍がおずおずとおりてきた。大番組の旗本たちらしい。

一人が吉宗に気づいたらしく愕然《がくぜん》として、棒立ちになった。

「おおっ……こ、これは」

吉宗がじろりと見据え、吐き捨てるように言った。

「余は紀州の吉宗じゃ。馬の手配を頼む」

「ははっ……た、ただいまっ」

何人かが泡を食って駆けもどっていった。

吉宗は佩刀を鞘におさめると、絶命した近習たちの顔を一人ずつあらためては合掌し、暗澹《あんたん》とした目になった。

「この者たちは藩でもよりぬきの手練《てだ》れぞろいだったが、修羅場というのは、また別のものらしいの」

ぼそりとつぶやいて、平蔵と新八に目を向けた。

「ようしてのけてくれた。そのほうたちがおらなんだら、余の命はとうになかったわ」

ほろ苦い顔になると、

「どうじゃ、平蔵。余に仕える気はないか」

「は、いや、それがしは町医者でございますゆえ……」

「ならば、余の侍医に迎えてもよいぞ」

「恐れいりますが、宮仕えは性分にあいませぬ」

「ううむ……」

吉宗は口惜《くちお》しげに唸ると、新八に目を転じた。

「そちはどうじゃ。それだけの腕、町場に腐らせておくは惜しい」

「お言葉を返すようで心苦しく存じますが、それがしも神谷どのとおなじく気随《きずい》気儘《きまま》が性にあっておりますゆえ」

「ふうむ。あの大男はどうかの」

　吉宗は首をまわして伝八郎のほうを見た。

「さて、どうですかな……」

　平蔵が口を濁《にご》したとき、伝八郎が足を痛めた味村に肩を貸しながら、どたどたと近づいてきた。

「ン……どうかしたか」

「吉宗公がきさまを召し抱えてくださるそうだぞ」

　平蔵が目を笑わせ、水を向けると、伝八郎は口をもごもごさせた。

「な、なに……そ、そりゃ……」

　せわしなく双眸《りょうめ》を瞬《まばた》いた。

「貴公らはどうなんだ」

「おれたちは、ご辞退申しあげた」

「アン……」

　伝八郎、あんぐりと口をひらいて二人を見たが、すぐにウンとうなずいて照れくさそうに頭をかいた。

「そうなると、わしだけ仲間はずれになるわけにはいかんの」

「ふっふっふ……こやつらめ」

吉宗が楽しそうに破顔した。

「わしをすげなく袖にしよったのは、きさまらがはじめてじゃ。きさまらの顔はしかと覚えておくぞ」

坂の上から提灯《ちょうちん》がいくつも駆けてくるのが見えた。

伊皿子坂はすでに深い夜の帳《とばり》につつまれつつあった。


（ぶらり平蔵　伊皿子坂ノ血闘　了）

参考文献

『江戸10万日全記録』　明田鉄男編著　雄山閣
『もち歩き「江戸東京散歩」』　人文社
『江戸東京坂道事典』　石川悌二著　新人物往来社
『江戸あきない図譜』　高橋幹夫著　青蛙房
『大江戸八百八町』　石川英輔著　実業之日本社
『近世風俗志「一～五」』　喜田川守貞著　宇佐美英機校訂　岩波文庫
『お江戸でござる』　杉浦日向子監修　新潮文庫
『武士の家計簿』　磯田道史著　新潮新書
『江戸バレ句恋の色直し』　渡辺信一郎著　集英社新書
『鍼灸の世界』　呉澤森著　集英社新書

コスミック・時代文庫

ぶらり平蔵《へいぞう》
決定版⑨伊皿子坂ノ血闘

2022年8月25日　初版発行
2024年4月 6 日　2刷発行

【著 者】
吉岡道夫《よしおかみちお》

【発行者】
佐藤広野

【発 行】
株式会社コスミック出版
〒154-0002 東京都世田谷区下馬 6-15-4
代表　TEL.03(5432)7081
営業　TEL.03(5432)7084
FAX.03(5432)7088
編集　TEL.03(5432)7086
FAX.03(5432)7090

【ホームページ】
https://www.cosmicpub.com/

【振替口座】
00110-8-611382

【印刷／製本】
中央精版印刷株式会社

乱丁・落丁本は、小社へ直接お送り下さい。郵送料小社負担にて
お取り替え致します。定価はカバーに表示してあります。

ISBN978-4-7747-6403-0 C0193

COSMIC
時代文庫

吉岡道夫　ぶらり平蔵〈決定版〉刊行中！

①剣客参上
②魔刃疾る
③女敵討ち
④人斬り地獄
⑤椿の女
⑥百鬼夜行
⑦御定法破り
⑧風花ノ剣
⑨伊皿子坂ノ血闘
⑩宿命剣
⓫心機奔る
⓬奪還
⓭霞ノ太刀
⓮上意討ち
⓯鬼牡丹散る
⓰蛍火
⓱刺客請負人
⓲雲霧成敗
⓳吉宗暗殺
⓴女衒狩り

隔月順次刊行中
※白抜き数字は続刊

はぐれ奉行 龍虎の剣

滅びの妖刀

早見 俊

コスミック・時代文庫

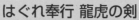